国家社科基金项目“东干文学批评形态研究”（项目号15XZW007）阶段性成果
宁夏“十三五”重点学科“中国语言文学”建设项目成果

Щинэ Зўгуй

喜爱祖国

［吉］阿依莎·曼苏洛娃　著　　［中］惠继东　译

Xi'ai Zuguo

中国出版集团
世界图书出版公司
广州·上海·西安·北京

图书在版编目（CIP）数据

喜爱祖国：东干文 /（吉尔）阿依莎·曼苏洛娃著；惠继东译. —广州：世界图书出版广东有限公司，2016.9
ISBN 978-7-5192-1823-2

Ⅰ. ①喜…　Ⅱ. ①阿… ②惠…　Ⅲ. ①诗集—吉尔吉斯—现代—东干语　Ⅳ.①I364.25

中国版本图书馆 CIP 数据核字（2016）第 215871 号

喜爱祖国

责任编辑：魏志华
出版发行：世界图书出版广东有限公司
（广州市新港西路大江冲25号　邮编：510300）
电　　话：（020）84451969　84453623　84184026　84459579
http://www.gdst.com.cn　E-mail：pub@gdst.com.cn
经　　销：各地新华书店
印　　刷：广州市德佳彩色印刷有限公司
版　　次：2016年10月第1版
印　　次：2016年10月第1次印刷
开　　本：787mm × 1 092mm　1/16
字　　数：220千
印　　张：15　　**插　页**：4
ISBN 978-7-5192-1823-2/I·0412
定　　价：48.00元

咨询、投稿：020-34201910　weilai21@126.com

阿依莎·曼苏洛娃

阿依莎·曼苏洛娃传略

阿依莎·曼苏洛娃是吉尔吉斯斯坦共和国著名东干族女诗人、儿童文学家。长期从事报社记者、东干语播音节目主持工作，为发展中亚回族——东干族的语言、文学、文化事业做出了重要贡献，赢得了东干人的普遍尊重。

阿依莎·曼苏洛娃1931年3月8日出生于俄属七河省比什凯克县阿列克桑德洛夫卡——中亚回族骚葫芦乡庄的一个教师家庭。父亲埃孜·曼苏洛夫曾毕业于列宁格勒大学，有很高的文化与文学素养，母亲是一个普通的家庭妇女。阿依莎·曼苏洛娃8岁开始在骚葫芦乡庄小学读书，从小有着良好的文化教育环境，经常受到文学艺术方面的熏陶。1942年父亲入伍参加卫国战争后，曼苏洛娃辍学回家帮助母亲料理家务。长大后接受过中等文化教育。

1957年6月，曼苏洛娃参加工作，担任了《十月的旗》报社记者。一年后，即1958年4月她被调到吉尔吉斯国家广播电台担任播音员，主持东干语广播节目。在播音员的岗位她整整工作了40年。她不仅以其优美、动听、纯正的东干语语言给苏联的回族群众报导新闻、讲述故事、朗诵诗歌和小说，而且在播音之余，还从事回族文学的创作活动。

从1965年开始，曼苏洛娃先后在《十月的旗》《青苗》《回民报》等东干人创办的回族报刊上发表诗歌和小说，这些作品深受东干群众的喜爱，其中比较有名的作品像《礼行》《台台儿》《羊羔儿》《新衣裳》《扯不来谎》《只有我阿爷好》等，还编入了东干语教科书。

1968年，曼苏洛娃与东干学者X.尤苏洛夫合作出版了第一本作品集。1987年，她与著名东干作家埃撒·白掌柜的、伊斯玛儿·舍木子合作出版了文学作品集《遇面》。

过了几年，她又创作了小说《你不是耶体目》。这部作品后来被收入东干作家作品集《盼望》中，1996年，中国新疆作家杨峰将其翻译成中文在中国出版发行。1997年，比什凯克出版了她的诗歌集《回族姑娘》和儿童文学小说集《雪花儿》。《雪花儿》以少年儿童生活为题材，以人类崇高的亲情、友爱为主题，热情讴歌和赞美了善良的心灵、宽厚的胸怀和高尚的人格。字里行间跳动着一颗慈爱之心，闪烁着母性的光彩，显示了她独特的创作个性。该作品被中国学者林涛教授翻译转写成汉语，2008年在中国出版发行。

和她的文学作品深受读者的喜爱一样，在每一项具体工作中——吉尔吉斯国家广播电台、回族协会、《十月的旗》报社等工作岗位上，曼苏洛娃也通过自己的踏实认真、勤奋努力和创造性劳动做出了突出贡献。作为一位东干语的著名播音员，40年来，她以极富感染力的播音，教育和影响了一代人，深受东干人民的敬重。

退休之后，曼苏洛娃的社会活动减少了，但仍然利用她的影响力，不失时机地在回族节气上、在参加庆典的活动中向人们提醒牢记父母语言（东干语）、传承传统文化的重要性。这期间她仍坚持文学创作，她的作品尤其注重文学的教化功能，以寓教于乐之手法，突显对东干族青少年和儿童的教育作用。作品的显著特点是风格清新隽永，人物性格鲜明，语言既合乎规范标准，又不失幽默风趣。很多故事在中亚东干语电台和吉尔吉斯语电台播送，得到了广泛流传。

2011年，在比什凯克出版的诗集《喜爱祖国》是曼苏洛娃的最后一部文学作品。该作品以朴实无华的风格表达了作者不懈追求真善美的人生信念，可以看作是作者的诗歌代表作。

如今，年届85岁高龄的曼苏洛娃女士虽然身体状况欠佳，却仍以特有的方式为东干族的文化教育事业继续发挥余热。每当学校的老师和学生来家探望她时，她就会把自己的作品无偿地送给老师和学生，以这样的慷慨赠予方式继续为中亚回族的科学教育和文化事业贡献力量。

Тасы вәмуди да шоншы

Хуэйзўжынмуди жунжянни ю бушоди бынсы дади, чўлиминди, ю тэнэди жынни. Мансурова Айша Эрзыйевнасы таму литуди йигә. Йида шонянди сыхур до вужин та ги фажон хуэйзўди вынмин сычин фили да щинжинли, вули жы чян гўзыли; та юсы тунщинжын, юсы гуонбэйүан, юсы нүщежя дэ нүсыжя. Зэ хуэйзўди мый йигә банфашон та цанли жяли, чечў зыжиди нынгу гили бонцули, ги чиннянму чўли хо йижянли. Та фанчон зэ минжынди жунжяннини, ба та лян дажун либукэ. Вужин та шонли суйфули еба, кәсы тади бу шыщянди жүнмый щин зун бу нанвын: ба зыжиди го шуйи йинсын зун мә лё – та хан ще вын жон, щёфә дэ сывындини.

Айша Мансуровасы 1931 нянди санйүә чў 8 зэ Москва райшонди Александ-ровка щёнжуонниди жёйүан жяшяни сын-ёнхади, зу зэ жытар жондади. 1939 няншон та вудо Сохўлу щёнжуонниди щёщүәни нянли фули. 1942 няншон, Зў гуй жон жын да хунди сыхур, ба тади лозы Эрзый Мансуров тёдо биншон бо хў Зўгуйчили. Лозы зулиди зыху, та ба щүәтон лёдё, ги мама бонли мон ёнхуэли суй вамули. Тасы жяниди дин дади.

1957 няншон Айша Арзиевна доли “Шыйүәдичи” бошәнили, зэ жытар донли корректорли. Лянжыгә йитун, та хан зэ радиокомитетшон зўгуәхуәли.

“Бишкек фәдини, ходинима, гуйжун пын-юму!” - ба жыще хуа

мый йигә хуэйзўжын ду тингуә. Сышыжи нян лян жымужяди хуа Айша Мансурова ги “Хуэймин шынйин” радиогифә дали турли. Тади чё шын, лян линдор йиён, шын до мый йигә жынди эрфыннили. Зэ бошәни гунзуәди сыхур, Айша Эрзыйевна щетуә вынжонли. Ба фуму йүян жыди ходи йимяр, та мә зуәнан.

Да 1965 нян дашон зэ бошон ба тади сывын, щёфә татуәли. Нянжяму зэ боди мянзышон чинчир нянкэ тади чёмё зуәпинли. Ё фәни, ба нүщежяди хын щезы щёфә тяндо хуэйзў йүянди жёкуәфу литули.

1968 няншон Айша Мансурова лян куәщүәжын Х. Юсуров йитун зэ “Мектеп” чўбаншә литу ба “Туйи бу” Фу фончўлэли.

1987 няншон та лян щежяму Эрса Быйжонгуйди дэ Исмар Шәмузы ба “Йүмян” фу фончўлэли. Зэ чўлэди йиче “Чинмё” зажы литу ду ю тади щёфә дэ вынжонни.

1997 няншон Айша Эрзыйевна фончўлэли лён бын фу: “Хуэйзў гўнён” сы вын фу лян “Щүәхуар” щёфә фу.

Гуәли жи нян юцэщүәди нүщежя кә фончўлэлигә “Ни бусы етиму” щёфә фу. Жысы жўзожя заён сыхур щехади зуәпин. Чўгуә жыгә, ба тади хын жигә щёфә тяндо хуэйзў щежямуди “Вонщён” фубынзы литули. Ба жыгә фубынзы зэ Жунгуә на ханйү фончўлэли.

Жысыма, нянжямуди мянчян Айша Мансурова фончўлэди йи бын щин сы вын фу. Сывынди тиму е за, йисы е шын. Ба тади сывын нын фынчын жыму жяди тиму: щинэ Зўгуй, йинщүнди жищён, гунщи, мучин либянди тиму, зохуа, вавади сыхур, щинэ дэ заёнди сывын. Нянжяму дансы ба жыщесывын щищин нян, таму ба литуди жүнмый нынканжян. Ги линйирди жыще сывын нүщежя ба зыжиди йиче щинжин вушонли, ви ще таму фили хошоди гункў.

Нян жыгə фубынзыди сыхур, ниму, гуйжун нянжяму, гəжя ги жыще сывын нын ги жягуан.

Ё фəни, зэ мый йигə гунзуəшон Айша Мансурова шыщин-шыйиди, пин лёнщинди зўли хуəли. Ба та нын щинфу, нын кочў. Ги та нын ба жун-ёди хуə пэ ги, йинцысы ба жыгə хуə та гандо сымяршонни. Ба хуə зўди ходи йимяр, Айша Эрзыйевна да Хырхыз гуйжя радиокомитет, хуэймин щехуэй дэ данлинди чуанляншон дыйли хошоди шонхо дэ Минйү грамота. Кəсы до нүсыжяшон дин дади шонхосы минжынди щинэ. Ба та дуəйибанзы хуэйзўжын жыдони, тади хо миншын зэ мангəчўр сакэдини. Эрзы, щифур, сунзыму ба та щинэ, чинчин-лўжян ба та донжын. Айша Эрзыйевна е щинэ жын, йинцысы та жыдони, щинэ-жысы вонче тэжынди бонзы. Тасыгə щинчон ходи, бу на жязыди, щянхуэй нүжын. Ланлуə жынмуди йимяр, тади жяни жын суəсуə бу дуан. Вужин Айша Эрзыйевна лян эрзыди жящя йидани жўдини. Тади эрзы Закир гунзуəдини, щифур Рахима зэ щүəтонни ги щүəсынму жё хуащүəдини. Лёнгə сунзы Ислам дэ Мухамед шонщүəдини. Суй суннүр, лян можүхар йиён, бу жё нэнэ щинхуон, ги та дуан гощиндини. Хан ё сани? Жё вə фəчи, до жыншон жы зусы да йүнчи.

До натар еба, хуэйзў жечишон, щи сышон, та ги йиче жын тифəди, жё ба фуму йүян бə вондё, жё ги вынмин лю да шынни.

Ги Айша Эрзыйевна нын фə хошо чинжə хуа. Кəсы, жё вə сылёнчи, до ташон дин дади лищинсы сыжя дэ щежя Эрса Быйжонгуйди ги та жүгиди сывын.

Фатима МАШЫНХАЕВА.

她是我们的大伤时

回族人们的中间呢有不少的本事大的、出哩名的、有抬爱的人呢。曼苏洛娃·阿依莎·埃孜耶芙娜是他们里头的一个。一打少年的时候儿到如今，她给发展回族文明事情费哩大心劲哩，入哩值钱股子哩；她又是通讯人，又是广播员，又是女写家带女诗家。在回族的每一个办法上她参哩加哩，趄住自己的能够给哩帮助哩，给青年们出哩好意见哩。她泛常在民人的中间呢呢，把她连大众离不开。如今她上哩岁数哩也罢，可是她的不识闲的俊美心总不安稳：把自己的高手艺营生总没撂——她还写文章、小说带诗文的呢。

阿依莎·曼苏洛娃是1931年的三月初八在莫斯科市区上的阿列克桑德洛夫卡乡庄呢的教员家下呢生-养下的，就在这塔儿长大的。1939年上她入到骚葫芦乡庄呢的小学呢念哩书哩。1942年上，祖国仗正打红的时候儿，把她的老子埃孜·曼苏洛夫挑到兵上保护祖国去哩。老子走哩的之后，她把学堂撂掉，给妈妈帮哩忙养活哩碎娃们哩。她是家呢的顶大的。

1957年上，阿依沙·埃孜耶芙娜到哩《十月的旗》报社呢哩，在这塔儿当哩记者哩。连这个一同，她还在广播电台上做过活哩。

“比什凯克说的呢，好的呢吗，贵重朋友们！”把这些话每一个回族人都听过。四十几年连这么价的话阿依莎·曼苏洛娃给《回民声音》广播给说打哩头儿哩。她的巧声连铃铛儿一样，神到每一个人的耳缝呢哩。在报社呢工作的时候儿，阿依莎·埃孜耶芙娜写脱文章哩。把父母语言知的好的一面儿，她没作难。

打1965年搭上在报上把她的诗文、小说拓脱哩。念家们在报的面子上勤勤儿念开她的巧妙作品哩。要说呢，把女写家的很些子小说添到回族语言的教科书里头哩。

1968年上，阿依莎·曼苏洛娃连科学人X.尤苏洛夫一同在“学校”出版社里头把头一部书放出来哩。

1987年上，她连写家们埃撒·白掌柜的带伊斯玛儿·舍木子把《遇面》书放出来哩。在出来的一切《青苗》杂志里头都有她的小说带文章呢。

1997年上，阿依莎·埃孜耶芙娜放出来哩两本书:《回族姑娘》诗文书连《雪花儿》小说书。

过哩几年有才学的女写家可放出来哩个《你不是耶体目》小说书。这是著造家杂样时候儿写下的作品。除过这个，把她的很几个小说添到回族写家们的《望想》书本子里头哩。把这个书本子在中国拿汉语放出来哩。

这是嘛，念家们的面前阿依莎·曼苏洛娃放出来的一本新诗文书。诗文的题目也杂，意思也深。把她的诗文能分成这么价的题目：喜爱祖国，英雄的记想，恭喜，母亲里边的题目，造化，娃娃的时候儿，喜爱带杂样的诗文。念家们但是把这些诗文细心念，他们把里头的俊美能看见。给临尾儿的这些诗文女写家把自己的一切心劲入上哩，为写它们费哩好少的工苦。

念这个书本子的时候儿，你们贵重念家们，个家给这些诗文能给价关。

要说呢，在每一个工作上阿依莎·曼苏洛娃实心实意的，凭良心的做哩活哩。把她能信服，能靠住。给她能把重要的活派给，因此是把这个活她干到事面儿上呢。把活做的好的一面儿，阿依莎·埃孜耶芙娜打吉尔吉斯国家广播电台，回民协会带单另的串连上得哩好少的赏号带名誉证书。可是到女诗家上顶大的赏号是民人的喜爱。把她多一半子回族人知道呢，她的好名声在满各处儿撒开的呢。儿子、媳妇儿、孙子们把她喜爱，亲亲-陆间把她当人。阿依莎·埃孜耶芙娜也喜爱人，因此是她知道呢，喜爱-这是往起抬人的膀子。她是个心肠好的，不拿架子的，贤惠女人。搅落人们的一面儿，她的家呢人梭梭不断。如今阿依莎·埃孜耶芙娜连儿子的家下一搭呢住的呢。她的儿子扎克尔工作的呢，媳妇儿拉黑玛在学堂呢给学生们教化学的呢。两个孙子伊斯兰木带穆罕默德上学的呢。碎孙女儿，连毛菊花儿一样，不叫奶奶心慌，给她端高兴的呢。还要啥呢？叫我说去，到人上这就是大运气。

到哪塔儿也罢，回族节气上，喜事上，她给一切人提说的，叫把父母语言亘忘掉，叫给文明留大声呢。

给阿依莎·埃孜耶芙娜能说好少亲热话。可是，叫我思量去，到她上顶大的礼行是诗家带写家埃撒·白掌柜的给她举给的诗文。

法蒂玛·玛什哈耶娃

Содержание

目 录

Ги Айшә

Санйүә чў 8-фунү нян,
Есы ниди сынжыр нян.
Гунщи, Гунщи зэ гунщи,
Панвон чонмин дэ быйсуй.

Нисы вәмуди Ашәр нён,
Ниди щин хо дэ йи чон.
Ги ни панвон хо гончён,
Җё ни фанчон зэ шыншон!

Ниди чё шын до вуҗин,
Вәму тинҗян тэ гощин.
Нянли шёфә дэ вынҗон,
Ниди гунзуә дый фаҗон.

Нисы замуди тунщинжын,
Щели щёфә дэ сывын.
Җыхур хан ё що вынҗон,
Бусы йи гә, ё фанчон.

Җинтян ниди да җечи,
Ги ни панвон да йүнчи!
Пушы тянщя җё тэпин,
Ниму җящя бә хэ бин.

Җинтян ниди сынжыр нян,
Вәму йиче ду шуцуан.
Дуанче, дуанче, ду хә ца,

给阿依莎

三月初八妇女年，
也是你的生日儿年。
恭喜，恭喜再恭喜，
盼望长命带百岁。

你是我们的阿舍儿娘，
你的心好带义长。
给你盼望好刚强[1]，
叫你泛常[2]在世上！

你的巧声[3]到如今，
我们听见太高兴。
念哩小说带[4]文章，
你的工作得发展[5]。

你是咱们的同心人，
写哩小说带诗文。
这候儿还要写文章，
不是一个，要泛常。

今天你的大节气，
给你盼望大运气[6]！
普世天下叫太平，
你们家下[7]叵[8]害病。

今天你的生日儿年，
我们一切都收全[9]。
端起，端起，都喝茶，

Гэжы жяни бә зуәжя.	个人家[10]呢叵作假。
Дуәще, нённён, зэ дуәще,	多谢，娘娘，再多谢，
Вәму зуни, ин хо зэ.	我们走呢，你好在[11]。
Жыхур щётин ни щехуан,	这候儿消停[12]你歇缓[13]，
Заму вонху зэ жянмян.	咱们往后再见面。
Э.БЫЙЖОНГУЙДИ.	*埃·白掌柜的*

注释：

①刚强：身体健康。
②泛常：平常，寻常，经常。
③巧声：美妙的声音。
④带：连词，和，与。
⑤发展：读音“fà zhàng”，意思与“发展”相同。
⑥运气：运，指经历；气，指幸运、机遇。这里的运气指好的命运，东干人经常说。
⑦家下：家里，家庭。
⑧叵：不，了的合音字，不了，不要的意思。
⑨全：东干人读“cuán”音，齐全。
⑩个人家：自己家里人。
⑪你好在：分别时候的告别语。
⑫消停：有空闲时间，安静。
⑬歇缓：休息。

喜 Щинэ Зўгуй
爱祖国

Вәди щинэ Хырхызстан	**我的喜爱吉尔吉斯斯坦**
Ни тэ нянчин, цэ 10 нян,	你太年轻，才十年[①]，
Вәди щинэ Хырхызстан.	我的喜爱吉尔吉斯斯坦。
Ю дый зыю, ю фанжуан,	又得自由，又翻转[②]，
Ала-Тоо саншон нын канжян.	阿拉-套[③]山上能看见。
Жё ни кэ хуар, зэ гэбян,	叫你开花儿，再改变，
Вәди щинэ Хырхызстан.	我的喜爱吉尔吉斯斯坦。
Хуэйзў, хырхыз ба сы ган –	回族，吉尔吉斯把事干–
Жысы минжынди хо ганбан.	这是民人[④]的好干办[⑤]。
Хуэйзўди лисы зади шын,	回族的历史扎的深[⑥]，
Вәди щинэ Хырхызстан.	我的喜爱吉尔吉斯斯坦。
Ба ниди нынчин бубучын,	把你的恩情补不成，
Чынчин доще ги минжын.	称情道谢给民人。
Хун хуар кэ зэ го саншон,	红花儿开在高山上，
Вәди щинэ Хырхызстан.	我的喜爱吉尔吉斯斯坦。
Хуэйзў чинжин, е цунмин,	回族勤谨[⑦]，也聪明，
Йичеди сышон та чў мин.	一切的事上她出名。
Годын жышы дыйди дуә,	高等知识得的多，
Вәди щинэ Хырхызстан.	我的喜爱吉尔吉斯斯坦。
Хуэйзўжынди лисы дуә,	回族人的历史多，
Йинщүн, бәшы, щянсын дуә.	英雄，博士，先生[⑧]多。
Вә тэ шоншы хуэйзўжын,	我太伤时[⑨]回族人，
Вәди щинэ Хырхызстан.	我的喜爱吉尔吉斯斯坦。
На йихонни ду нынчын,	哪一行呢都能成，

Жысы хуэйзўди хо бинщин.	这是回族的好秉性。
10 нянди жечишон гунщи,	十年的节气上恭喜，
Вәди щинэ Хырхызстан.	我的喜爱吉尔吉斯斯坦。
Панвон лан тян дэ тэпин,	盼望蓝天带太平，
Эрнү бә жё ли мучин.	儿女叵叫离母亲。
Ни зэ кэ хуар, зэ фажон,	你在开花儿，在发展，
Вәди щинэ Хырхызстан.	我的喜爱吉尔吉斯斯坦。
Вә на го шын хан чонни.	我拿高声还唱呢。
Жё ни зэ дый го минвон.	叫你再得高名望⑩。

注释：

①苏联解体之后，吉尔吉斯斯坦于1991年8月31日宣布独立，至2001年刚好10周年。
②翻转：变化，发展。
③阿拉–套：吉尔吉斯斯坦境内东南部的一座山脉。
④民人："人民"的逆序词。
⑤干办：事情，工作，东干人习惯用语。
⑥扎的深：即扎得深，东干语中的结构助词"的""地""得"一律写成"的"。
⑦勤谨：勤劳、严谨。
⑧先生：医生。
⑨伤时：骄傲、自豪。
⑩名望：名声和威望。

Вә ю лёнгә Зўгуйни

Ала-Тоо сан динпә тян,
Чинфи вонха тондини.
Лю цо җонди вын йибан,
За хуар кэди тэ хокан.

Вә зу зэ җәр сынхади,
Лян хырхыз гўнён фахади.
Тэён ги вәму са гуонли,
Җё вәму щёнходи җонли.

Җунгуәди дифон вәшон чин,
Вәди зўбый гын зади шын.
Җүнмый Гансў дэ Шанщи,
Тамусы Вәди щинэ щин.

Вә ю лёнгә Зўгуйни,
Йүандё Җунгуй, Хырхызстан.
Чинщю Бишкек дэ Быйҗин –
Дусы вәди гуйҗун чын.

Хуонхә яншон сан щинли,
Иссык-Коль хэзыни щизорли.
Вә бу хухуэй мә зэ Җунгуй –
Хырхызстансы ди эргә Зўгуй.

Ала-Тоо саншон җю хуарли,
Зэ чынчёншон вә лонли.
Йинви нэгә вә чонни,
Вә ю лёнгә Зўгуйни!

我有两个祖国呢

阿拉-套山顶破天，
清水往下淌的呢[①]。
绿草长的绒一般，
杂花儿[②]开的太好看。

我就在这儿生下的，
连[③]吉尔吉斯姑娘要下的[④]。
太阳给我们洒光哩，
叫我们向好的长哩。

中国的地方我上亲[⑤]，
我的祖辈根扎的深。
俊美甘肃带陕西，
它们是我的喜爱心。

我有两个祖国呢，
远迢[⑥]中国，吉尔吉斯斯坦。
清秀比什凯克[⑦]带北京–
都是我的贵重[⑧]城。

黄河沿上散心哩，
伊塞克-库利海子[⑨]呢洗澡儿[⑩]哩。
我不后悔没在中国–
吉尔吉斯斯坦是第二个祖国。

阿拉-套山上揪[⑪]花儿哩，
在城墙上我浪[⑫]哩。
因为那个我唱呢，
我有两个祖国呢！

注释：

①淌的呢：正在淌。其中“的”表示动作行为正在进行，相当于汉语普通话里的“着”。
②杂花儿：各种各样的花儿。
③连：和。
④耍下的：小的时候在一起玩耍过。
⑤我上亲：对我来说很亲切。
⑥远迢：地势偏远的意思。
⑦比什凯克：吉尔吉斯斯坦的首都。
⑧贵重：尊贵。
⑨伊塞克-库利海子：伊塞克–库利是吉尔吉斯斯坦境内的最有名的湖泊。“海子”，蒙古语借词，湖泊。
⑩洗澡儿：东干人把游泳叫洗澡儿。
⑪揪：采摘。
⑫浪：散步、游玩。

У меня две Родины	**我有两个祖国**
(на русскот языке)	**（拿俄文创作）**
Врезаются в небо хребты Ала-Тау,	阿拉-山高顶破天，
Прозрачные воды текут с высоты,	清水从山顶淌下，
Как бархат зеленый, волнуются травы	像绿色天鹅绒
И в полном соку полевые цветы.	草原上充满花汁的花儿多么俊美。
Я здесь родилась, в этом солнечном крае,	我在这晴朗的地区出生，
С кыргызками дружно резвилась, росла	和吉尔吉斯姑娘快乐地长大
И солнце лучи нам дарило, играя,	太阳送给我们阳光，
И ноги босые нам мыла роса…	赤脚在露水里洗得干净……
Но Родина есть у меня и другая,	但我还有别的祖国，
В которую предки корнями вросли –	我的祖先出生的地方-
Ее называю я милым Китаем,	我叫她亲爱的中国，
Прекрасным Ганьсу и прелестным Шаньси.	瑰丽的甘肃，瑰丽的陕西。
Реку Хуонхэ я забыть не сумею,	我把黄河忘不了，
Волна Иссык-Куля ласкает мой стан...	伊塞克湖浪潮抚摸着我……
Две родины-матери нынче имею –	我现在拥有两个祖国-
Любимый Китай и родной Кыргызстан.	亲爱的中国和亲爱的吉尔吉斯斯坦。
В горах Ала-Тоо я цветы собираю…	我在阿拉山收花儿……
Хожу по Великой Китайской стене…	散步在长城上……
И я не жалею, что я не в Китае,	我没有后悔不在中国，
А здесь, в Кыргызстане, чудесной стране.	而在吉尔吉斯斯坦瑰丽的国家。
Я песню пою Кыргызстану, Китаю,	我对整个吉尔吉斯斯坦和中国歌唱，
Чтоб дух зажигала высоким огнем	为了把灵魂用光明的火点亮
И в несне своей на века прославляю	我的这首歌歌颂万代
Две родины, слившихся в сердце моем.	两个在我的心里红起来的祖国。

Щинэ Зўгуй

Вә тэ пәфан, щён нили,
Щинэ Зўгуй.
Щинщю луәдо Җунгуйли,
Лян җян йиён.

Луәдо нагә чыннили,
Вә кын сылён.
Данпа, луәдо Ланҗули –
Вәди щёнҗуон.

Вә щён нили, Зўгуй-я!
Тянтян сылён.
Вә фабугуә ниди сан,
Лян тян йиён.

Ба ни мә вон, чондини,
Щинэ Зўгуй!
Сыҗи ни зэ щиннини,
Лян ще йиён.

Вәди Зўбый зэ Җунгуй,
Вә будый җян.
Да шын, да шын вә кўли,
Щин ду тынлан.

Вә зуә сывын җищён ни,
Йүнзун бу вон.
Дэ ни фанчон щён туанйүан,
Щинэ Зўгуй!

喜爱①祖国

我太颇烦②，想你哩，
喜爱祖国。
星宿落到中国哩，
连箭一样。

落到哪个城呢哩，
我肯③思量。
耽怕④，落到兰州哩－
我的乡庄。

我想你哩，祖国-呀！
天天思量。
我翻不过你的山，
连天一样。

把你没忘，唱的呢⑤，
喜爱祖国！
四季⑥你在心呢呢，
连血一样。

我的祖辈在中国，
我不得见。
大声，大声我哭哩，
心都疼烂。

我作诗文记想呢，
永总不忘。
带⑦你泛常想团圆，
喜爱祖国！

注释：

①喜爱：亲爱的，可爱的，敬爱的。
②颇烦：心情特别烦乱。
③肯：常常、经常的意思。
④耽怕：恐怕、可能的意思。
⑤唱的呢：的，时态助词“着”，唱的呢，即唱着呢。
⑥四季：经常，每时每刻。
⑦带：连词，连，和。

Вида Җунгуй

Ниди танчон мә бян-ян,
Фугуй, хокан.
Чинщю дифон вәшон чин,
Фанчон сылён.
Вә мә сын-ёндо Җунгуй,
Салуә Зўгуй.
Вә тэ пәфан щинни тын,
Щинэ Зўгуй.
Сын-ёндо чинщю Сўлянли
Ди эргә Зўгуй.
Зэ җәр җонли, җы сыли,
Ту е быйли.
Ба йин е задо җәрли,
Зади тэ шын.

Кәсы фанчон щён нили,
Вида Җунгуй.
Йинчуан чынни җўли,
Вәди зўщян.
Җыгә дифон вәшон чин,
Җи зэ щин җун.
Ниди го лў, гуанйүан,
Вәшон гуйҗун.
Җўди минжын тэ чинҗин,
Цунмин, йищин.
Җонди җин шу, йин гәбый.
Фугуй вубян.
Җы дусы вә щинэди
Вида Җунгуй.

伟大中国

你的滩场[1]没边-沿，
富贵，好看。
清秀地方我上亲，
泛常思量。
我没生-养到中国，
洒落[2]祖国。
我太颇烦心呢疼，
喜爱祖国。
生-养到清秀苏联哩
第二个祖国。
在这儿长哩，知事哩，
头也白哩。
把营也扎到这儿哩，
扎的太深。

可是泛常想你哩，
伟大中国。
银川城呢住哩，
我的祖先。
这个地方我上亲，
记在心中。
你的高路，观园，
我上贵重。
住的民人太勤谨，
聪明，一心。
长的金手，银胳臂[3]。
富贵无边。
这都是我喜爱的
伟大中国。

注释：

①滩场：疆域面积。

②洒落：本指人的心情开阔，这里指地域辽阔。

③金手，银胳臂：形容手、胳臂有力量。也可以理解为富于创造力。

颇 Пәфан жищён
颇记想

Ба жыгә сывын вә ги Вида Зўгуй
Җоншон шәхитди шәдёди гуйжун җүнжынму
Дэ замуди хоханзы Йинщүн
Вонахун Мансўзы җүгили.

把这个诗文我给伟大祖国
仗上舍黑体[①]的折掉的贵重军人们
带咱们的好汉子英雄
王阿訇·曼苏子[②]举给[③]哩。

Гў фын зэ Россияни

Нянчинчирди зудёли,
Пэфан шон җон.
Зыщин бохў Зўгуйли,
Куэ җё дыйшын.
На хын щин дадини,
Щёме ханщин.
Чён-по дади луй хуни,
Димян җуэхун.

Нянчин щёхуэр дедини,
Хозы йиён.
Җүнжынди щин ду сыланли,
Щинще фанлон.
На жу шынзы дўдини,
Мэ лў фашист.
Ще лян хэ йиён тондини,
Щинни тэ тын.

Ба дўшман җэзадини,
Лян гын щён ван.
Та ба зыжи җүгили,
Шэли гуй мин.
Ви җё җящя пиннан,
Бэля бэ җян,
Зысы Вончян пудини,
Лохў йибан.

Та вон пансуан җяли,

孤坟在俄罗斯呢

年轻轻儿的走掉哩[4]，
颇烦上仗[5]。
只性[6]保护祖国哩，
快叫得胜[7]。
拿狠心打的呢，
消灭韩信[8]。
枪-炮打的雷吼呢[9]，
地面着红[10]。

年轻小伙儿跌的呢[11]，
蒿子一样。
军人的心都撕烂哩，
心血翻浪。
拿肉身子堵的呢，
末路法西斯蒂。
血连河一样淌的呢，
心呢太疼。

把杜失曼[12]折砸的呢[13]，
连根想剜。
他把自己举给哩，
舍哩[14]贵命。
为叫家下平安，
拜俩[15]叵见。
只是往前扑的呢，
老虎一般。

他枉盘算家哩，

Йүнзун бу жян.	永总不见。
Эрнү, чижын шынхали,	儿女妻人[16]剩下哩，
Йи дозы гэдуан.	一刀子割断。
Нежон мама дындини,	孽障[17]妈妈等的呢，
Нянлуй бу ган.	眼泪不干。
Эрзы чынха йинщүнли,	儿子成下英雄哩，
Фанчон жищён.	泛常记想。

注释：

①舍黑体：阿拉伯语借词。《古兰经》记载安拉呼塔尔俩造下的男人是保护国的，打仗是“孙乃体”，折掉的人是“舍黑体”。在此“舍黑体”可理解为烈士。

②王阿訇·曼苏子：吉尔吉斯斯坦米粮川东干族人，在反法西斯战斗中引爆了自己身上的炸药包，与敌人同归于尽，苏军最高统帅部授予了苏联英雄的称号。

③举给：献给，敬重地奉送。

④走掉哩：牺牲了。

⑤上仗：上战场打仗。

⑥只性：只想着。

⑦得胜：取得胜利。

⑧韩信：非常歹毒的人，此处指敌人。

⑨雷吼呢：像雷的吼声一样。

⑩着红：燃烧。

⑪跌的呢：正在倒下。

⑫杜失曼：阿拉伯语借词，敌人的意思。

⑬折砸的呢：正在消灭。

⑭舍哩：舍弃了。

⑮拜俩：阿拉伯语借词，意为灾难。

⑯妻人：妻子。

⑰孽障：可怜。

Ги Йинщүн

(Вонахун Мансўзы)

Зэ Фрунзе чынни сынли,
Вава сыхур гуәли.
Зэ Милёнчуан җонли,
Җытар җыли сыли.
Дэ пинбыйму гощинди
Йидарни фали.
“Шызыкуә”җяшон та –
Шонли щүәли.

Зу нэгә сыхур та гощин
Фушон е шончян.
Та тэ чинҗин, е линфан,
Натар ду зуанган.
Ви җё Милёнчуан чў мин
Фили да щинҗин.
Фи гункўди сышон
Та шончян.

Са хуәшон ду шончян, чищин,
Та бу салан.
Юсы хо җуонҗяхан,
Дажун дон жын.
Гуали дозы, җинли чон
Юсы нынйүан.
Нян миди хуәшон
Тасы Вон.

Ва хуончүди хуәшон
Есы Йинщүн.

给英雄

（王阿訇·曼苏子）

在伏龙芝[①]城呢生哩，
娃娃时候儿过哩。
在米粮川长哩，
这塔儿知哩事哩。
带平辈们高兴的
一搭儿呢耍哩。
《识字课》夹上他 –
上哩学哩[②]。

就那个时候儿他高兴
书[③]上也上前。
他太勤谨，也灵泛[④]。
哪塔儿[⑤]都钻干[⑥]。
为叫米粮川出名
费哩大心劲。
费工苦的事上
他上前。

啥活上都上前，齐心，
他不撒懒。
又是好庄稼汉，
大众当人。
刮哩稻子，进哩场
又是能员[⑦]。
碾米的活上
他是王。

挖荒渠的活上
也是英雄。

Жуа гуә, дон чўзы –
Есы тади йинган.
Фашист пули Зўгуйли –
Та мә шынчў.
Зыщинди шонли жонли,
Щёме ханщин.

抓锅[8]，当厨子-
也是他的营干[9]。
法西斯蒂扑哩祖国哩-
他没神[10]住。
只性的上哩仗哩，
消灭韩信。

Вушы жигә фашист
Зысы вончян
Манмар таму людини,
Щён жуа йинщүн.
Та дуйчў жанхо вондини,
Пын-ю нежон.
Нянчинчирди тондини,
Дуйчў та вон.

五十几个法西斯蒂
只是往前
慢慢儿他们溜的呢，
想抓英雄。
他对住战壕望的呢，
朋-友孽障。
年轻轻儿的躺的呢，
对住他望。

Шуни зуанди задан
Гуйжун Йинщүн.
Та ю данзы, занди дуан –
Дашын та хан:
– Совет жүнжын бу ди ту,
Вончян, дижын.
Ги ниму жё жяншыни
Вәсы щин Вон.

手呢攥的炸弹
贵重英雄。
他有胆子，站的端-
大声他喊：
– 骚乌耶特[11]军人不低头，
往前，敌人。
给你们教见识呢
我是姓王。

Зуйни дашын хандини,
Щинни пәфан.
Дэ жящя либедини,
Кәлон тын лан.
– Вәди щинэди эрнү,
Вәди мин.
Ниму йиче хозэди,

嘴呢大声喊的呢，
心呢颇烦。
带家下离别的呢，
壳寏[12]疼烂。
– 我的喜爱的儿女，
我的命。
你们一切好在的[13]，

Ба вә бә дын.	把我叵等。
Вә ба ни зэ бу жянли,	我把你再不见哩，
Вәди зўщён,	我的祖乡，
Щинэди Миленчуан,	喜爱的米粮川，
Гуйжун щёнжуон.	贵重乡庄。
Лян ниму вә либедини	连你们我离别的呢
Йиче чин жын.	一切亲人。
Хозэди, вәди пын-юму,	好在的，我的朋-友们，
Хогәр дищүн.	好哥儿弟兄。
Нянлуй ян щиндини,	眼泪淹心的呢，
Зуйчур тэ ган.	嘴唇儿太干。
Та ба зыжи жүгили	他把自己举给哩
Жё эрнү щёнтян.	叫儿女香甜。
Ба дин гуйжунди мин шәгили,	把顶贵重的命舍给哩，
Е мә щитын.	也没惜疼。
Ба вушы жигә дуйту задёли,	把五十几个对头炸掉哩，
Лян та йитун.	连他一同。

注释：

①伏龙芝：吉尔吉斯斯坦的首都，即现在的比什凯克。
②上哩学哩：句子中的“哩”作时态助词“了”使用，“上哩学哩”即上学。
③书：念书。
④灵泛：机灵、聪明。
⑤哪嗒儿：哪方面，无论什么事情。
⑥钻干：肯动脑筋钻研，能干，带领大家干。
⑦能员：能干的人。
⑧抓锅：刷碗洗锅，此处指做饭。
⑨营干：工作，营生。
⑩神：留下，躲藏。
⑪骚乌耶特：俄语借词，苏维埃。
⑫壳宦：胸腔。
⑬好在的：中亚回族—东干族经常使用的告别语，相当于我们平时所说的“再见”。

Линйирди щин

Шуни нади санжүәр щин,
Җанли хуон сый.
Ба та цанкэ кә нянли,
Нянлуй ян щин.
Готу щеди тэ ножын,
Нянчян фа хи.
Зэ җанхони падини –
Ю чо, ю хи.

Чён-по дади луй хуни,
Тэён канбуҗян.
Фи хуалаларди тондини,
Вә тинди щян.
Гуонсы вә нежон хәбушон,
Шынти тэ жун.
Вәди пын-ю мә минли,
Вә гынчян тон.

Хили тяншонди йүәлён,
Ёнпан йиён.
Ба натар ни ду жодини –
Нишон вә чито:
– Вәди нежон гуйжун мама –
Ни ги кухан.
Мә жянмянди эрзы,
Ни хозэди.

Ги ни, Вәди бонгәр щин –

临尾儿[1]的信

手呢拿的三角儿信，
沾哩黄色。
把它拆[2]开可念呢，
眼泪淹心。
高头[3]写的太熬人，
眼前发黑。
在战壕呢爬的呢 –
又潮，又黑。

枪-炮打的雷吼呢，
太阳看不见。
水哗啦啦儿的淌的呢，
我听的显。
光是我孽障喝不上，
身体太重。
我的朋-友没命哩，
我跟前躺。

黑哩天上的月亮，
洋盘一样。
把哪塔儿[4]你都照的呢 –
你上我祈讨[5]：
– 我的孽障贵重妈妈 –
你给口唤[6]。
没见面的儿子，
你好在的。

给你，我的傍个儿[7]信 –

Люшын ни нян.	留神你念。
Йин-чян ги ни мә люха,	银-钱给你没留下，
Гуон люхади нан.	光留下的难。
Жысы линйирди щин, щинэди –	这是临尾儿的信，喜爱的 –
Чин ни фоншә.	请你放舍[⑧]。
Дэдў жон ба заму гәкэли	歹毒仗把咱们隔开哩
Мә жё щёнтян.	没叫香甜。

注释：

①临尾儿："尾儿"，读音"yì er"，"临尾儿"，临结束，最后。
②折：把合在一起的东西打开。
③高头：上面。
④哪塔儿：哪里，所有的地方。
⑤祈讨：请求，哀告。
⑥口唤：回民常用词，原意为真主的召唤、许可。这里的意思是表示认可。
⑦傍个儿：半个。
⑧放舍：谅解，放手。

Җинянщён

Хун шыту җинянщён зандини
Щёнжуон җунҗян.
Щёнчин ножынди фадини,
Жын тэ пәфан.
Шәли лоханди лопәр зуәдини,
Нянлуй щён чүан.
На пәфан нянҗин вондини,
Щиндини пансуан.
Та сылёнди җинянщёнди җүнжын
До та мянчян:
– Чни жын либян бо щинни
Да йүан щифон.
Кәсы җүнжын диндир зандини
Гуон дуйчў вон.
Йүдяр дедо җүнжынди ляншон
Вонха людини.
Зущёнсы җүнжын кўдини,
Гуафу нежон.
Шыту щин сычын куэкуэрли,
Са мон бонбушон.
Бый ту лопәр шонщин кўдини,
Пәфан, нежон.
Сунсур, чунчур е гыншон кўдини
Тэтэ, нэнэ нежон.
Тэе, ее мә җянгуә, гуонсы тингуә
Зэ лотэ гынчян.
Кўди кын ги эрнү тифә:
– Йүнзун бә вон.

纪念像

红石头纪念像站的呢
乡庄中间。
乡亲闹人的要的呢，
人太颇烦。
折[①]哩老汉的老婆儿坐的呢，
眼泪像泉。
拿颇烦眼睛望的呢，
心底呢盘算。
她思量的纪念像的军人
到她面前：
– 亲人里边报信呢
打远西方。
可是军人定定儿[②]站的呢
光对住望。
雨点儿滴到军人的脸上
往下流的呢。
就像是军人哭的呢，
寡妇孽障。
石头心撕成块块儿哩，
啥忙帮不上。
白头老婆儿伤心哭的呢，
颇烦，孽障。
孙孙儿，重重儿[③]也跟上哭的呢
太太，奶奶孽障。
太爷，爷爷没见过，光是听过
在老太跟前。
哭的肯给儿女提说：
– 永总叵忘。

Нимуди дада, еесы шэхити,
Фанчон жищён.
Луэхар няннян лэдини,
Ба заму танвон.
Сы щинди жинянщён зандини,
Щёнжуон жунжян.
Щёнчин ножынди фадини,
Жын тэ пэфан.
Шэли лоханди лопэр зуэдини,
Нянлуй щён чүан.
На пэфан нянжин вондини,
Щинни пэфан.

你们的达达、爷爷是舍黑体，
泛常记想。
罗汉儿④年年来的呢，
把咱们探望。
撕心的纪念像站的呢，
乡庄中间。
乡亲闹人的要的呢，
人太颇烦。
折哩老汉⑤的老婆儿坐的呢，
眼泪像泉。
拿颇烦眼睛望的呢，
心呢颇烦。

注释：

①折：牺牲。
②定定儿：一动不动的样子。
③重重儿：重孙。
④罗汉儿：此处指人死后的灵魂。
⑤老汉：指老婆儿的丈夫。

Дыйшын жәчи

Дыйшын жәчи тэ гуйжун,
Жысы на ще хуанхади.
Ба жыгә гуйжун жәчи,
Жын панвонди дынзали.
Нежон жүнжын хў йибан,
Зысы вончян, вончян пули.
Жәза дижын, ви дыйшын,
Ба гуйжун мин дигили.
Шәдёди жүнжын тэ дуәли,
Позыр ба лў пу манли.
Дуйтуди лилён тэ дали,
Жүнжын на жу шынзы дўли.
Мә жё ханщинди зон жүә
Та замуди вида Хун чонзы,
Ба ханщин дуйтуди вонщён,
Лян тегон йиён, дончўли.
Жё дуйту тунли хули.
Жүнжын на да вонщён,
Лян хў йиён, вончян пули
Щинфулиди йимяр, дыйшынли.
Жё дуйту, лян гу йиён,
Ту диха, вонху поли.
Дыйшынли, дыйшынли!
Вәмуди шоншы чынбухали.
Жүнжын жир цэ гощинли,
Гощин нянлуй зы тонли.
Щёхуәрди ту фа быйли,
Ба зыжи мә щитын жүгили.

得胜节气[1]

得胜节气太贵重，
这是拿血换下的。
把这个贵重节气，
人盼望的等咂哩。
孽障军人虎一般，
只是往前，往前扑哩。
折砸[2]敌人，为得胜，
把贵重命抵给哩。
折掉的军人太多哩，
炮子儿把路铺满哩。
对头[3]的力量太大哩，
军人拿肉身子堵哩。
没叫韩信的脏脚
踏咱们的伟大红场子[4]，
把韩信对头的妄想，
连铁钢一样，挡住哩。
叫对头退哩后哩。
军人拿大望想[5]，
连虎一样，往前扑哩
幸福里的一面儿，得胜哩。
叫对头，连狗一样，
头低下，往后跑哩。
得胜哩，得胜哩！
我们的伤时盛[6]不下哩。
军人今儿才高兴哩，
高兴眼泪只淌哩。
小伙儿的头发白哩，
把自己没惜疼[7]举[8]给哩。

Зу ви жыгə гуйжун жечи,	就为这个贵重节气，
Дыйшын жечи тэ минлён.	得胜节气太明亮。
Җүнжын зэ Хун Чонзыни	军人在红场子呢
По дади, гощинди жейинли.	跑打[9]的，高兴的接迎[10]哩。
Ба фашистди зон чи	把法西斯蒂的脏气
Вон Хун Чонзыни пели.	往红场子呢抛[11]哩。
Заёнди минзў хə йищин	杂样[12]的民族合一心
Ба жыгə минлён жечи,	把这个明亮节气，
Гуйжун жечи дыйшонли.	贵重节气得上哩。

注释：

①得胜节气：胜利的节日。
②折砸：消灭。
③对头：敌人。
④红场子：红场，是莫斯科最古老的广场，位于莫斯科市中心。
⑤望想：希望，理想。
⑥盛：容纳的意思。
⑦惜疼：爱惜，疼爱。
⑧举：敬辞，奉献。
⑨跑打：奔跑。
⑩接迎："迎接"的逆序词。
⑪抛：读音"piè"，意思与"抛"相同。
⑫杂样：各种各样。

Гуйжун Йинщүн

Жүнмый чунтян жищён ни,
Гуйжун Йинщүн.
Сазор кэди тэ хокан,
Видо тэ цуан.
Сазор ги ни зэшонли
Ниди сунзы.
Ба ниди гуйжун щинщён
Йүнзун бу вон.

Няннян чунтян танвон ни
Суннан-дизы.
Нисы йүнзун бумеди,
Шышон ю мин.
Ни тепыйли гуйжун мин,
Щин ще мә тын.
Замужя ба ни вондёни,
Гуйжун Йинщүн?

Нежон ваму дэ чижын
Щин зун бу дин.
Жызу банбый дуә нянли,
Хан дын чин жын.
Шышон фанчон же тэпин,
Бә жё чи жон.
Ги ни ди ту, до щени –
Гуйжун Йинщүн.

贵重英雄

俊美春天记想你，
贵重英雄。
沙枣儿开的太好看，
味道太窜[1]。
沙枣儿给你栽上哩
你的孙子。
把你的贵重形象
永总不忘。

年年春天探望你，
孙男-嫡子[2]。
你是永总不灭的，
世上有名。
你贴陪[3]哩贵重命，
心血没疼。
咋么价把你忘掉呢，
贵重英雄？

孽障娃们带妻人
心总不定。
这就半百多年哩，
还等亲人。
世上泛常叫太平，
叵叫起仗[4]。
给你低头，道谢呢 –
贵重英雄。

注释：

①窜：香味浓。

②孙男-嫡子：广义指有血缘关系的儿、孙；狭义指有继承权的儿、孙。

③贴陪：不计代价地付出。

④起仗：打仗，即发动战争。

Ги Йинщүн Масанчын

1885нянди чийүә 14 тэ гуйжун–
Жысы сын-ёнли жүнзыди йитян.
Сынхади жынди лисы шын
Линху тасы хуэйминди лёнминщин.

Жинтян шудо жыгә да тин,
Жищён нилэли, вәди Йинщүн.
До хуэйминшон ни гуйжун,
Нисы вәмуди йизан дын.

Хуэйзўди гуйжун Йинщүн!
Щинминсы Масанчын.
На жинзы зандо лисышон,
Ниди минжын ба ни жищён.

Ниди фынфу, зущён чун фын,
Фидоли ги йиче хуэймин:
“Вәди хуэйзў, куэ зын нян,
Ба фу донсы, хохор нян”.

Чин ни фонщин, щянлён жүнзы,
Ба ниди фынфу зун мә вон.
Ниди чё хуа зуан щинли,
Нянхади хуэйзў йүә дуәли.

Ни тэ цунмин, вида Йинщүн,
Ба ниди жычян гункў жидини.
Тасы вонбудёди лисы гын,

给英雄马三成[1]

1885年的七月十四太贵重–
这是生-养哩君子的一天。
生下的人的历史深
领后[2]他是回民的亮明星。

今天收[3]到这个大厅，
记想你来哩，我的英雄。
到回民上你贵重，
你是我们的一盏灯。

回族的贵重英雄！
姓名是马三成。
拿金子錾[4]到历史上，
你的民人把你记想。

你的吩咐，就像春风，
飞到哩给一切回民：
“我的回族，快睁眼，
把书当事，好好儿念”。

请你放心，贤良君子，
把你的吩咐总没忘。
你的巧话钻心哩，
念下的回族越多哩。

你太聪明，伟大英雄，
把你的值钱工苦记的呢。
它是忘不掉的历史根，

Вуҗин вәму пәфан җищёндини.	如今我们颇烦记想的呢。
Ниди лийи да, нянсый куан,	你的礼仪大，眼色⑤宽，
Вон йүанни, йүанни канли.	往远呢，远呢看哩。
Ба быйнянди лисы канлэли,	把百年的历史看来哩，
Ги ни ди туни, гуйжун Йинщүн.	给你低头呢，贵重英雄。

注释：

①马三成：姓马三成，名马格子，苏联国内战争中的英雄，回族骑兵团团长，死于后来的肃反运动，1957年为之平反，为了纪念东干人的杰出代表，哈萨克斯坦最高苏维埃决定将“营盘”改名为“马三成乡”并沿用至今。

②领后：后来，从那之后。

③收：聚集起来。

④錾：镌刻。

⑤眼色：眼界。

Нежон хуэймин
(Юсуф-хазрет)

Чинсыхуон дэду̌ тёли бин,
Щён ван хуэйминди гын.
Ноли бодун, сали жын,
Нежон хуэймин мэчу̌р шын.

Хи ян, хуон ян модини,
Позыр бутын бедини.
Дянли Щёнжуон, шэли жын,
Хун ще щён хэ тондини.

Юсуф-хазрет щинни тын,
Канжян щинще фанли.
Жу̌гуанди зу̌щён пиндёли,
Гу̌шы ба щёнжуон шандёли.

Хохaнзы дажын на жын щин
Линди ту̌ди вончян щин.
Ви жё хуэймин гын бэ дуан,
Та ба щин ще ду зынган.

Ба жу̌гуанди зу̌щён лёхали,
Вугынни наннар зутуэли.
Вава, ложын йигэ мэ шын,
Дедо, паче занли да жин.

Ду̌ли да хэ, фанли сан,
Нэ вэ, шу дун, зуэли нан.

孽障回民
（尤素夫·哈孜列特[1]）

秦始皇[2]歹毒调里兵，
想剜回民的根。
闹哩暴动，杀哩人[3]，
孽障回民没处儿神。

黑烟，黄烟冒的呢，
炮子儿不停蹴[4]的呢。
点[5]哩乡庄，折[6]哩人，
红血像河淌的呢。

尤素夫·哈孜列特心呢疼，
看见心血翻哩。
住惯的祖乡平掉[7]哩，
骨尸把乡庄苫掉[8]哩。

好汉子大人拿真心
领的徒弟往前行。
为叫回民根亘断，
他把心血都挣干。

把住惯的祖乡撂下[9]哩，
五更呢暗暗儿走脱哩。
娃娃，老人一个没剩，
跌倒，爬起攒哩大劲。

渡哩大河，翻哩山，
挨饿，受冻，作哩难。

Ви то хуәмин хә йищин,
Чян-лиди лўшон щён за гын.

为逃活命合一心，
千-里的路上想扎根。

Нежон хуэймин вончян щин,
Йилўр вучонли хошо жын.
Хазрет дажын тэ ножын,
Пәфан нянлуй янли щин.

孽障回民往前行，
一路儿无常[10]哩好少[11]人。
哈孜列特大人太熬人，
颇烦眼泪淹哩心。

Лўшонди фындуй мандини,
Нүжын чёчёр кўдини.
Мама дедо мә минли,
Вава зэ шыншон падини.

路上的坟堆满的呢，
女人悄悄儿哭的呢。
妈妈跌倒没命哩，
娃娃在身上爬的呢。

Дажын манмар чүандини:
– Вәди тўди, щин бә сун,
Заму йидин зудони,
Хо гуонйин заму зожуәни.

大人慢慢儿劝的呢：
– 我的徒弟，心叵碎，
咱们一定走到呢，
好光阴[12]咱们找着呢。

Хуэймин йидин хуәхани,
Ди эргә Зўгуй зохани.
Шышонди гундо зывини,
Заму яндин хо гуәни.

回民一定活下呢，
第二个祖国找下呢。
世上的公道只为你，
咱们言定[13]好过呢。

Ги дажын ди ту, сы лини,
Хуэймин ба гын за вынли.
Хо гуонйин вужин гуәдини,
Ги Юсуф-хазрет до щедини.

给大人低头，施礼呢，
回民把根扎稳哩。
好光阴如今过的呢，
给尤素夫·哈孜列特道谢的呢。

注释：

①尤素夫·哈孜列特：他是带领回民义军第一批进入中亚的领导人，也称“大师傅”或“阿爷老人”。

②秦始皇：这里借指清朝末年镇压陕甘回民起义的清朝皇帝。

③闹哩暴动，杀哩人：这是指清朝末年陕甘回民的暴动和起义。

④蹴：子弹胡乱飞舞。

⑤点：用火点着。

⑥折：死。

⑦平掉：被夷为平地。

⑧苫掉：覆盖住。

⑨撂下：扔掉，放弃了。

⑩无常：死亡，回民对死的讳饰词语。

⑪好少：很多。

⑫光阴：景象。

⑬言定：一定。

Ги Инахон

(Хоханзы нүжын)

Инахонсы нү йинщүн,
Нисы хуэйзўди да шоншы.
Ни вулохади бый мянхуа,
Жынжын чуаншон ба ни куа.

Лан тяншонди вазар йүн,
Лю тан җё быйй йүн шан.
Тэён җошон фиди җон,
Еершонди луфи фон җин гуон.

Вəди зымый, ни ю җин,
Ниди җин шу-йин гəбый.
Вуло чынди "быйй җинзы",
Конзышон дэди хуон җинзы.

Ни на щинще зынхади,
Гункў до нишон җычян.
Щинщю җунҗянни ни зан,
Нисы кэфанди хуар, Инахон!

给依娜航

（好汉子女人）

依娜航是女英雄，
你是回族的大伤时。
你务落[1]下的白棉花，
人人穿上把你夸。

蓝天上的瓦渣儿云，
绿滩叫白云苦。
太阳照上水地长，
叶叶儿上的露水放金光。

我的姊妹，你有劲，
你的金手-银胳臂。
务落成的“白金子”，
腔子[2]上戴的黄金子[3]。

你拿心血挣下的，
工苦到你上值钱。
星宿[4]中间呢你站，
你是开繁的花儿，依娜航！

注释：

①务落：精心种植、培育农作物。
②腔子：胸膛。
③黄金子：借指奖章。
④星宿：借指奖章、荣誉。

Йүнзун бу вон
(хуэйзў доли Жун Азия 120 нян)

Еҗин сангын йүәр бу җян,
Ямир дунҗин.
Хуэйзў нежонди зутуәли,
Ло-шо мә шын.
Хили таму чили шын,
Мә щян лў йүан.
Дўли Хуонхә, фанли сан,
Золи пиннан.

Вәди зўщян зуәли нан,
Ви дуә винан.
Ба жўгуанди дифон лёхали,
Щинни тэ суан.
Зы вончян, вончян зудини,
Лохў йибан.
Җисы жәту җошонни,
Тонанжын щехуан.

Ви зо йүнчи шәдёли
Шончянди жын.
Щёнче зўщян щён кўни,
Нянлуй ян щин.
Дўни вушы да лынҗан,
Зуәли да нан.
Лян да зывон щиндини
Зысы вончян.

永总不忘
（回族到哩中亚[①]一百二十年）

夜静三更月儿不见，
哑迷儿动静[②]。
回族孽障的走脱哩，
老-少没剩。
黑哩他们起哩身，
没嫌路远。
渡哩黄河，翻哩山，
找哩平安。

我的祖先作哩难，
为躲为难。
把住惯的地方撂下哩，
心呢太酸。
只往前，往前走的呢，
老虎一般。
几时热头[③]照上呢，
逃难人歇缓。

为找运气折掉哩
上前的人。
想起祖先想哭呢，
眼泪淹心。
肚呢无食打冷颤，
作哩大难。
连大指望行的呢
只是往前。

Шыдун лайүә мә дончў,
Хуэймин неҗон.
Шын щүә литу зудини,
Дедо, паче.
Мама дедо мә минли,
Йишын мә хан.
Вава шыншон падини,
Е мә цытуан.

十冬腊月没挡住，
回民孽障。
深雪里头走的呢，
跌倒，爬起。
妈妈跌倒没命哩，
一声没喊。
娃娃身上爬的呢，
也没跐团[4]。

Ба мама, эрзы щүә гэли,
Зусы фынйүан.
Йүнчи таму мә зоҗуә,
Тэён мә сэ.
Йилўр гў фын мандини,
Сысый мә гуан.
Зу чо җыму зуәнанли,
Хуэйзў кәлян.

把妈妈，儿子雪盖哩，
就是坟院。
运气他们没找着，
太阳没晒。
一路儿孤坟满的呢，
是谁[5]没管。
就朝这么作难哩，
回族可怜。

Фангуә Тянсан цэ доли,
Щётин пин тан.
Хазах, вурус җейинли
На хо щинчон.
Хырхыз нүжын чўлэли
Да мынгўбо фон.
Дон кижынди та жонли:
– Куэ җин жә фон.

翻过天山才到哩，
消停平滩。
哈萨克，乌鲁斯[6]接迎哩
拿好心肠。
吉尔吉斯女人出来哩
打蒙古包房。
当客人的她让哩：
– 快进热房。

Нэ шукўди хуэйзўжын
Ва чү, фан ди.
Фынгиди пин тан кэ хуарли

爱受苦的回族人
挖渠，翻地。
分给的平滩开花儿哩

Хощён хуайүан.	好像花园。
Хуэйзўди ваму шон щүэли,	回族的娃们上学哩，
Жқышы дыйшон.	知识得上。
Ба вурус, хырхызди хо щинчон	把乌鲁斯，吉尔吉斯的好心肠
Йүнзун бу вон.	永总不忘。

注释：

①中亚：具体指吉尔吉斯斯坦、哈萨克斯坦和乌兹别克斯坦等国。
②哑迷儿动静：一点声音和响动都没有。
③热头：太阳。
④跐团：乱动弹。
⑤是谁：不论何人，所有的人。
⑥乌鲁斯：俄罗斯。

Лёнбянди йинщүн

(ги Х.Ташировди 100 суй)

Таширов щёнжуон шы хокан,
Хонзы лади йигыр щян.
Гэжяр-щёхў шылюр кэди фан,
Мянхуа жунди шон чянван.

Ни ба мянхуа тэ донсы,
Фон шу ба та бошонли.
Нисы хуэйзўди да шоншы,
Зандо лисышон на жин зы.

Чүан шыже ду фидоли,
Йинщүн минтон тэ гуйжун.
Лёнгә щинщю жоди мин,
Ташировди щин хан бу дин.

Хуту гынди хоханзы йүан,
Мянхуа кэди йи жятан.
Лю-чигә щинщю жо мин тян,
Тамуди гункў тэ жычян.

Щёнжуонни занди баншынцён,
Хуапиншон есы тади щён.
Тургунай-апади нян бу ган,
Щён до ташон тэ жычян.

Тургунай-апа тэ щянхуэй,
Нэ фә, нэ щёди жейин ки.

两遍的英雄

（给Х.塔什诺夫的一百岁）

塔什诺夫乡庄实好看，
巷子①拉的一根儿线。
各家儿-小户②石榴儿开的繁，
棉花种的上千万。

你把棉花太当事，
双手把它抱上哩。
你是回族的大伤时③，
錾到历史上拿金子。

全世界都飞到哩，
英雄名堂太贵重。
两个星宿照的明，
塔什诺夫的心还不定。

后头跟的好汉子员，
棉花开的一架滩④。
六-七个星宿照明天，
他们的工苦太值钱。

乡庄呢站的半身像，
花瓶上也是他的像。
土尔姑奶-妈妈⑤的眼不干，
像到她上太值钱。

土尔姑奶-妈妈太贤惠，
爱说，爱笑的接迎客。

Тади гунло жы чян, фәбуван,	她的功劳值钱，说不完，
Щүәжон донли жишы нян.	学长⑥当哩几十年。
Жы лёнкурди миншын да,	这两口儿的名声大，
Тамусы хуэйзўди дынта.	他们是回族的灯塔。
Хуэймин ба ниму бу вон	回民把你们不忘
Фанчон ба ниму жищён.	泛常把你们记想。

注释：

①巷子：东干人把街道叫巷子。
②各家儿-小户：家家户户。
③大伤时：大自豪。
④滩：田野，野外，平坦的荒草地；地势平坦的川道。
⑤土尔姑奶-妈妈：对长辈女性的称呼，土尔姑奶是名字。
⑥学长：校长。

二 Сангэ Мухамед
个穆罕默德

Сангә Мухамед

Сангә жёшуди минзы гуйжун,
Тамусы вида шынжынди.
Хуэйзўди профессор бәшы –
Шышон данпа ю жишы –
Гуонсы вә щён фәдисы –
Хуэйзў литу чў минди –
Сангә жинмир-Мухамед,
Сангә профессор-Мухамед,
Сангә жи пын-ю-Мухамед.

Ба жёшы Сўшанло Мухамед,
Йиче хуэйзў жыдоди шын.
Та ба хуэйзўди лисы гын
Зущён донсы вади шын.
Тади йүян чё, шә тэ нын,
Ба хуэйзўди лисы фәди жын.

Ба жёшы Хў Жынхуа-Мухамед
Чян ванди ханзў жыди шын.
До хуэйминшон тэ гуйжун.
Тасыгә сўжын, мә жязы.
Тади нян куан, ю щинжин.
Ги хуэйзў чиннян кын лю шын.

Чүан Жун-Яди хуэйзўжын –
Ба Хў Жынхуа тэ донжын.
Та дон донсынди е вали –
Ба хырхызди лисы гын.

三个穆罕默德

三个教授的名字贵重，
他们是伟大圣人的。
回族的教授博士 –
世上耽怕有几十 –
光是我想说的是 –
回族里头出名的 –
三个经名儿-穆罕默德，
三个教授-穆罕默德，
三个嫡朋友[①]-穆罕默德。

把教师苏三洛·穆罕默德，
一切回族知道的深。
他把回族的历史根
就像当时挖的深。
他的语言巧，舌太能，
把回族的历史说的真。

把教师胡振华·穆罕默德
千万的汉族知的深。
到回民上太贵重。
他是个熟人，没架子。
他的眼宽，有心劲。
给回族青年肯留声。

全中亚的回族人 –
把胡振华太当人[②]。
他当[③]党参的也挖哩 –
把吉尔吉斯的历史根[④]。

Ба жёшу Имазов Мухамед	把教授伊玛佐夫·穆罕默德
На да зывон дындини.	拿大指望⑤等的呢。
Тасы хуэйзўди лён дынта,	他是回族的亮灯塔，
Та щён ба хуэйзўжын	他想把回族人
Ги чүан шыже ду ё лин.	给全世界都要领。
Ба щинэ сыжынди щинщён,	把喜爱诗人的形象，
На щин ще зандо лисышон.	拿心血錾到历史上。
Жё чян-ванди жунгуэжын	叫千-万的中国人
Ба Ясыр Шывазыди чё сывын	把亚瑟儿·十娃子的巧诗文
На да гощин ду нянни,	拿大高兴都念呢，
Жё зуан нянжяди щинни.	叫钻念家的心⑥呢。
Тасы хуэйзўди да зывон.	他是回族的大指望。
Та хан нянчин, ю щинжин,	他还年轻，有心劲，
Жё хуэймин щён чў мин.	叫回民想出名。

注释：

①嫡朋友：嫡，亲的，血统最近的。这里的“嫡朋友”是指最亲近、最知己的朋友。

②当人：使人受到尊重。

③当：好比，就像。

④吉尔吉斯的历史根：胡振华教授是中国柯尔克孜学的奠基人，回族学的重要分支——东干学在中国的开拓者。作为中国柯尔克孜学（吉尔吉斯学）的奠基人，胡振华在吉尔吉斯斯坦共和国享有盛誉。曼苏洛娃所说的“他当党参的也挖哩/把吉尔吉斯的历史根”主要指胡振华先生对吉尔吉斯族历史精深的研究。

⑤大指望：极大的希望和期待。

⑥钻念家的心：“念家”，读者；“钻念家的心”，即深入到读者的内心深处。

Гунщи, дагә!

(Э. Быйщонгуйди башы суй)

Йинпан щёнҗуон җин ко сан,
Хонзы хощён йигыр щян.
Җыгә щёнҗуонсы гўдэди,
Сынли Магәзы дадади.

Чўли минди гўдэ щён,
Җәр кә сынли лёнгә җён:
Быйҗонгуйди-Лаахун –
Тамусы хуэйзўди лисы гын.

Бу җян жәту зу чў мын,
Эрса Нурович зуди җин.
Шу ти фубо та тэ мон,
Җинхуон фуер ду бу вон.

Быйҗяди эрзы щин тэ лин,
Хуэйзўди йүян җыди шын.
Җёли щүәсын чўли мин,
Щин фу чўшы, зунли җин.

Эрса дагә, гунщи, гунщи!
Башы суйди сынжыршон!
Панвон быйсуй дэ гончён,
Ба ниди гункў бу нын вон.

Дуәще щинкўли, ло җёйүан,
Ни гихади җышы фәбуван.

恭喜，大哥！

（Э. 白掌柜的八十岁）

营盘乡庄紧靠山，
巷子好像一根儿线。
这个乡庄是古代的，
生哩马格子[1]达达[2]的。

出哩名的古代乡，
这儿可生哩两个将：
白掌柜的-兰阿洪 –
他们是回族的历史根。

不见热头就出门，
埃撒·努罗维奇[3]走的紧。
手提书包他太忙，
金黄树叶儿都不望。

白家的儿子心太灵，
回族的语言知的深。
教哩学生出哩名，
幸福处世，尊哩敬[4]。

埃撒大哥，恭喜，恭喜！
八十岁的生日儿上！
盼望百岁带刚强，
把你的工苦[5]不能忘。

多谢辛苦哩，老教员，
你给下的[6]知识说不完。

Жын зэ шышон лэ йибян,	人在世上来一遍，
Хо мин люха тэ жычян.	好名留下太值钱。

注释：

①马格子：即马三成，马格子是名，马三成是姓。
②达达：伯伯，对有声望的长辈的敬称。
③埃撒·努罗维奇：白掌柜的的名和父名。
④尊哩敬：受到尊敬。
⑤工苦：此处指白掌柜的为了东干语言得到普及所耗费的精力和时间。
⑥给下的：传授的。

Ю гунлоди бэшы

(Ги Имазов Мухамэ 60 суйшон)

Мухамэ щүнди йүнчи да,
Вугә җеҗе ба та бо да.
Лүнти хуанбанди голи та,
Мамади нянҗинни тасы йидуә хуа.

Нянфуди сышон бынсы да,
Хощён лан тян щинҗин да.
Шыҗеди вынхуа щён җыха,
Тёён щүәсынди сышон е ю та.

Куәщүәйүанни на хын щин.
Чиннён йүян щищүәди җын.
Хуэйзў җёкуәфу щеди дуә
Җёйүан, щүәсын ще доди дуә.

Щинэ гункў мә тын щин,
Саншы йишон гун зу чын.
Люйүә эршы лю та гощин
Жын ду ги та гунли щи.

Нисы нянчин куәщүә жын,
Юсы хуэйзўди да шоншы.
Ниди жәщин хан бу дин.
Тёёнли хошо куәщүәжын.

Ниди гункў би хэ шын,
Зущён дынта җуәди хун.

有功劳的博士

（给伊玛佐夫·穆哈麦六十岁上）

穆哈麦兄弟运气大，
五个姐姐把他抱大。
轮替换班的告[1]哩他，
妈妈的眼睛呢他是一朵花。

念书的事上本事大，
好像蓝天心劲大。
世界的文化想知下[2]，
调养[3]学生的事上也有他。

科学院[4]呢拿狠心。
亲娘语言习学的真[5]。
回族教科书写的多
教员，学生写到的多。

喜爱工苦没疼心，
三十一上功就成。
留学二十六他高兴
人都给他恭哩喜。

你是年轻科学人[6]，
又是回族的大伤时。
你的热心还不定。
调养哩好少[7]科学人。

你的工苦比海深，
就像灯塔着的红。

Ба заму щежяди щинщён,	把咱们写家[8]的形象，
Хощён тэён, ни щеди лён.	好像太阳，你写的亮。
Гынчў тэтэр ни зы шон.	跟住台台儿[9]你只上。
Ниди гунло да, вә фәбушон,	你的功劳大，我说不上，
Нисы чл-корр-профессор	你是通讯院士-记者-普罗费斯骚儿[10]
Юсы чиннян щинэди жёшу.	又是青年喜爱的教授。
Да чишы жю до лёнчян нян	打七十九[11]到两千年
Ни жүгили саншы сан нян.	你举给[12]哩三十三年。
Ниди гун чынли, нисы да жын,	你的功成哩，你是大人，
Ни мә жязы, тэ цунмин.	你没架子，太聪明。
Йү бон филә, фи бон йү.	鱼帮水来，水帮鱼。
Ниму жяни тэ щётин –	你们家呢太消停 –
Чечў Ложерди хо щинчон	趄住[13]老姐儿的好心肠
Ни дыйшонли го минтон.	你得上哩高名堂。

注释：

①告：劝哄，常用于对小孩。
②知下：知道。
③调养：教育，教导，培养。
④科学院：此处指人文、社科类学术研究机构。
⑤习学的真：习学是“学习”的逆序词；“学的真”中的“的”与“得”“地”统一写成“的”，“的”“地”“得”用“的”代替。只有在说“得胜”“得到”等词时写作“得”。
⑥科学人：学者。
⑦好少：很多。
⑧写家：作家，具体指写小说的人。
⑨跟住台台儿：一步一个脚印，步步高升。
⑩普罗费斯骚儿：俄语借词，教授。
⑪七十九年：即1979年。
⑫举给：此处的意思是勤恳地劳作，奉献。
⑬趄住：凭借着。

Цунмин жын
(Ги Салихар Мухамет)

Го сан, лю цо, чин фи тон.
Бонгәрни зусы да щёнжуон.
Литу жўди цунмин жын,
Ган са сычин хә йищин.

Жыгә щёнжуонди лисы шын,
Тасы хуэйзўди жунщин.
Сынли вида сыжынди щён,
Юсы вәди бын щёнжуон.

Жыгә щёнжуонди суйфу да,
Литу жўди жын тэ за.
Ту йигә жынди щинжин да,
Щён жё зўщён зэ кэ хуа.

Ги шәдёди гуйжун жүнжын
Та щючелэли жүнмый жищён.
Щүәтонди да йүанни зандини
Сыжынди гуйжун баншынщён.

Жы дусы Салихар Мухаметди
Щинжин да, нянсый куан.
Ви жё зўщён зэ чўмин –
Щюхади жүнмый жинянщён.

Шышон ги жын ба хо ган,
Щю лў, да чёсы хо йинган.

聪明人
（给萨利哈尔·穆哈默德）

高山、绿草、清水淌。
傍个儿[①]呢就是大乡庄。
里头住的聪明人，
干啥事情合一心。

这个乡庄的历史深，
它是回族的中心。
生哩伟大诗人的乡，
又是我的本乡庄。

这个乡庄的岁数大，
里头住的人太杂。
头一个人的心劲大[②]，
想叫祖乡再开花。

给折掉的贵重军人
他修起来哩俊美纪像。
学堂[③]的大院呢站的呢
诗人的贵重半身像。

这都是萨利哈尔·穆哈默德的
心劲大，眼色[④]宽。
为叫祖乡再出名 –
修下的俊美纪念像。

世上给人把好干，
修路，搭桥是好营干。

Шышон лэди зысы йибян,	世上来的只是一遍，
Ба хо ганха дуэ жычян.	把好干下多值钱。
Вэди щёнжуон жүнмыйли,	我的乡庄俊美哩，
Ги Мухамет Салихар дощени.	给穆哈默德·萨利哈尔道谢呢。
Лян ни йиёнди цунмин жын	连你一样的聪明人
Ба йүнжюди йиняр люхали.	把永久的遗念儿⑤留下哩。
Вынмин дан го, жын цунмин,	文明但⑥高，人聪明，
Шышон хуэчи тэ чинсын.	世上活去太轻省。
Нисы щённиди ту йигэ жын,	你是乡呢的头一个人，
Ганли холи ги хуэймин.	干哩好哩给回民。
Чынчин ги ни до щени,	称情给你道谢呢，
Ги ни панвон чон минни.	给你盼望长命呢。
Жё го сан бонгэрниди да щён,	叫高山傍个儿呢的大乡，
Жуанчын хуэйминди жин щён.	转成回民的金像。

注释：

①傍个儿：旁边。

②心劲大：有魄力，干劲大。

③学堂：学校，沿用的是清朝末年的称谓。

④眼色：眼界。

⑤遗念儿：遗留下来的念想和愿望。

⑥但：如果。

Сы вын зышон зан
(Ги Хавазов Я 75 суй)

Чишы вугә чунтян ни жянли,
Да ни мянчян фигуәли.
Бый йү, да фын пый нили,
Тэён тянли җиншынли.

Нэхур ни хан гуадилэ,
Сынза, хэпа бу дунлэ,
Ба чичелэди хи йүнцэ –
Щён на шынзы дўдёлэ.

Шыба суйшон ни зули,
Фоншу ба чён дуанчели.
Фашист чёндо ни дали,
Дыйшын быйшон хуэйлэли.

Вуҗин ни е бу шыщян,
Ба Вонахун Йинщүн
Ни щеди җын шын.
Җё Милёнчуан чўли мин.

Шу на җингонзуан,
Сывын бый зышон зан.
Ви хуэйзў минжын,
Ни щён пэ Тянсан.

诗文纸上錾
（给哈娃佐夫·牙七十五岁）

七十五个春天你见哩，
打你面前飞过哩。
白雨，大风陪你哩，
太阳添哩精神哩。

那候儿你还呱[①]的来，
森砸[②]，害怕不懂来，
把起起来的黑云彩 –
想拿身子堵掉来。

十八岁上你走哩，
双手把枪端起哩。
法西斯蒂强盗你打哩，
得胜背上回来哩。

如今你也不识闲[③]，
把王阿訇英雄
你写的真神。
叫米粮川出哩名。

手拿金钢钻，
诗文白纸上錾。
为回族民人，
你想破天山。

注释：

①呱：傻。
②森砸：恐怖，害怕。
③不识闲：不停地忙碌着。

Гунщи-җехун!

Зоя созы, Якуб гә, гунщи!
Вушы нян туни җехунли.
Ёнҗяди эрзы, чощянди нүр,
Гўнён җонди тэ тимян,
Щитёр ханзы, чон могәр.
Җызу гуәли вушы нянли,
Җиргә цун кә җехунли.
Зоя созыди щинфа хо.
Якуб гәди вонфа җин.
Ёнҗяди гангар җуди нин.
Банбый нян фангуәли.
Хи ту гэчын бый тули.
Лёнгәр цун кә җехунли.
Җинхуон нян е гуәли.
Җыхур ниму зэ дын
Җынжў - мано нян.
Вә на жәщин гунщини!
Панвон чонмин, быйсуйни.

恭喜-结婚!

早牙嫂子，亚库布哥，恭喜!
五十年头呢①结婚哩。
杨家的儿子，朝鲜的女儿，
姑娘长的太体面，
细毹儿汉子②，长毛盖儿③。
这就过哩五十年哩，
今儿个④重可结婚⑤哩。
早牙嫂子的心法⑥好。
亚库布哥的王法精。
杨家的竿竿儿搁⑦的硬。
半百年翻过哩。
黑头改成白头哩。
两个儿重可结婚哩。
金黄年也过哩。
这候儿你们再等
珍珠-玛瑙年。
我拿热心恭喜呢!
盼望长命，百岁呢。

注释：

①五十年头呢："头呢"，前面；"五十年头呢"，即五十年前。
②细毹儿汉子：身材苗条，个子高。
③长毛盖儿：长辫子。
④今儿个：今天。
⑤重可结婚：复婚。
⑥心法：心肠。
⑦搁：用手举起，坚持住。

Жычян гункў

Чиннэди Бэхар, Гунщи Ни!
Люшыгə чунтян ни жянли.
Да ни мянчян фигуəли,
Лян хуар йиён Ни жонли.
Дыйли жышы, дый жин-ян,
Нисы хуэйзўди да лянмян,
Чиннён йүян жыди шын.
“Хуэймин бо” ди йисы шын.
Ло-шо ду дын бодини.
На да шоншы няндини.
Ги цунмин, жəно боди бянжи,
На жəщин до щедини.

Бэхар, жё ниди ту лёнди,
Щинниди хуə жё жуəди.
Бошон ю йисы цэлё жё зади
Жё ниди йиче вонщён чынди.
Ни ба гункў мə вонфи –
Ган нянзы чан ю еба,
Жё замуди бо хуəди.
Жё ни фанчон ю щинжин.
Ниди щин бə жё дин.
Хуэймин ба ни донжын.
Лян бо йитун вончян щин.
Мянгуə пəфан, ни гощин,
Жё эр-сун ба ни дон жын
Хўда жё ги ни ги гончён
Вə ги ни панвон,

值钱工苦

亲爱的拜哈儿，恭喜你！
六十个春天你见哩。
打你面前飞过哩，
连花儿一样你长哩。
得哩知识，得经-验，
你是回族的大脸面，
亲娘语言知的深。
《回民报》的意思深。
老-少都等报的呢。
拿大伤时念的呢。
给聪明，热闹报的编辑，
拿热心道谢的呢。

拜哈儿，叫你的头凉的，
心呢的火叫着的。
报上有意思材料叫咱的
叫你的一切望想成的。
你把工苦没枉费 –
干捻子缠油[1]也罢，
叫咱们的报活的[2]。
叫你泛常有心劲。
你的心叵叫定。
回民把你当人。
连报一同往前行。
免过颇烦你高兴，
叫儿-孙把你当人
呼达[3]叫给你给刚强
我给你盼望，

Дэ тяндади йүнчи.

带天大的运气。

Бянжи, чин Ни фонщин,
Нынчын жын чӱлэли.
Тамусы щинэ хуэйзӱди,
Бунын жё бо медёди.
Дансы мә бо, мә минзӱ,
Чиннян ба жыгә жыди мин.
Лян лёнминщин йиён жоди,
Шышон жё хуә вонди.

编辑，请你放心，
能成人[4]出来哩。
他们是喜爱回族的，
不能叫报灭掉[5]哩。
但是[6]没报，没民族，
青年把这个知[7]的明。
连亮明星[8]一样照的，
世上叫火旺的。

注释：

①干捻子缠油：意为经营过程中投入很少，此处指办报尽管经费投入很少，也要坚持下去，使《回民报》继续出版。

②活的：即活着，存在着。

③呼达：波斯语，即阿拉伯语中的“安拉”，是说哈萨克语、维吾尔语以及说汉语的回族等穆斯林对真主的称呼。东干人沿用的是西北回族对真主的称呼。

④能成人：能干的人，有本事的人。

⑤灭掉：消失了，不存在了。

⑥但是：表假设，如果的意思。

⑦知：知道。

⑧亮明星：启明星。

Нүбанди лянмян
(Ги Җ. Шәмузы)

Җихар нёнди лянмян ла,
Нянчин нүжын гынди та.
Ви го шучын ду жынҗан,
Ба го щүян ванчын ман.

Колхоз литу җишы нян,
Йичеди хуәшон та шончян.
Дажун хуәшон та зуанган,
Тасы замуди да лянмян.

Колхоз няннян дый фаҗон,
Йинцысы Җихар нён ю лилён.
Депутат та е доншон,
Вуҗин тади щин йүә мон.

Суйжан ба фу мә нянха,
Кәсы тади бынсы да.
Гуйҗяди сышон та цанҗя,
Шуни нади да жыба.

Йинви нэгә ман нын фә:
Та ба җўйи мә на цуә.
Ба быйшо ги гуйҗя сун,
Гункў жычян, дый чынгун.

Хуә зўбали хуэй щехуан,
Шынлан хэзыни таму хуан.

女伴的脸面
（给Җ. 舍木子）

吉哈儿[1]娘的脸面大，
年轻女人跟的她。
为高收成都征战，
把高许言[2]完成满。

考勒号子[3]里头几十年，
一切的活上她上前。
大众活上她钻干，
她是咱们的大脸面。

考勒号子年年得发展，
因此[4]是吉哈儿娘有力量。
迭普塔特[5]她也当上，
如今她的心越忙。

虽然把书没念下，
可是她的本事大。
国家的事上她参加，
手呢拿的大执把[6]。

因为那个满能说[7]：
她把主意没拿错。
把白苕给国家送，
工苦值钱，得成功。

活做罢哩会歇缓，
深蓝海子呢她们缓。

Линшон нүбан лон хуайүан,	领上女伴浪花园，
Нисы нүжынди да лянмян.	你是女人的大脸面[⑧]。

注释：

①吉哈儿：东干女人的名字。

②许言：许诺的话，即诺言。

③考勒号子：俄语借词，集体农庄。

④因此：原因，因为。

⑤迭普塔特：俄语借词，意为代表、议员。

⑥执把：执据、把柄，此处指证件。

⑦满能说：肯定地说。

⑧大脸面：借指人的尊严、荣誉、荣耀和名声。

Гунщи, щүн ди!

(Хия Лаахуновди чишы суй)

Хия щүнди, гунщи, гунщи!
Чишы суйди сынжыршон!
Җыще няндэди гун чынли
“Җинхуон чютян” чў шыли.

Ясыр Шывазы тэ шоншы:
Та ю линфан щүэсынни.
Нисы вонхуди вугынцыр,
Тади тихуан дэ зывон.

Нисы җыншыди вугынцыр,
Хуэйзўжынди да зывон.
Чин ни ще, бә сунҗин,
Ба сыфуди гангар жушон.

Ниди сывын щеди тэ лин,
Дансы нянли зуан жын щин.
Ло-шо дындини щин зуәпин,
Чин ни зэ чон ба хуэймин.

Гуйҗун сыжын, зэ гунщи!
Йүнчи фанчон жё суй ни!
Хуэйзўди кулюр фәди җын:
Фили гункў, тепыйли щин.

恭喜，兄弟！

（黑牙·兰阿洪诺夫的七十岁）

黑牙兄弟，恭喜，恭喜！
七十岁的生日儿上！
这些年代的功成哩
《金黄秋天》出世哩[1]。

亚瑟儿·十娃子太伤时：
他有灵泛[2]学生[3]呢。
你是往后的五更鸥儿[4]，
它的替换带指望。

你是真实的五更鸥儿，
回族人的大指望。
请你写，叵松劲，
把师傅[5]的竿竿儿[6]拥上。

你的诗文写的太灵，
但是念哩钻人心。
老-少等的呢新作品，
请你再唱把回民。

贵重诗人，再恭喜！
运气泛常叫随你！
回族的口溜儿[7]说的真[8]：
费哩工苦，贴赔哩心。

注释：

①出世哩：借指诗集《金黄秋天》印刷了、出版了。

②灵泛：聪明。

③学生：黑牙·兰阿洪诺夫曾拜师亚瑟儿·十娃子学习写诗。

④五更鸱儿：东干人所说的五更鸱儿是一种白天多静伏山林，夜晚飞行、捕食、叫声清婉的鸟。我们把这种鸟叫做夜莺。亚瑟儿·十娃子曾以五更鸱儿为题材写过诗集《五更鸱儿》，借以歌唱东干人的生活，抒发思想感情。曼苏洛娃以五更鸱儿比喻黑牙·兰阿洪诺夫，是说他的诗具有《五更鸱儿》的思想感情和风格特色，他本人也继承了亚瑟儿·十娃子的思想品质和精神风貌。

⑤师傅：老师。东干人把男老师叫师傅或教员，把女老师叫师娘。

⑥竿竿儿：借指旗帜。

⑦回族的口溜儿：是黑牙·兰阿洪诺夫用五年时间收集编写的一本东干民间文学作品。

⑧说的真：说得好，东干人把求真作为美好追求的主要标准。

Җищён

Замуди чүарни дуангә жын
Дансы зэ шы, тэ гощин.
Ба ниму та, тэ дон жын
Ба та бә вон фанчон җищён.

Җебэ дищүн тэ гуйжун
Тади чин-ю би хэ шын.
Җы зусы нимуди щёнхо гын
Вә до шени ги гуйжун дищүн.

记想

咱们的圈儿呢[①]短[①]个人
但是在世，太高兴。
把你们他，太当人
把他亘忘泛常记想。

结拜弟兄太贵重
他的情-友比海深。
这就是你们的相好根
我道谢呢给贵重弟兄。

注释：

①圈儿呢：圈子，特定群体所形成的活动范围和领域。
②短：缺少。

Хуэйзў ди шоншы
(Ги Рашид Бакиров жёшу)

Вынмин дан го, жын цунмин,
Шышон хуэчи тэ чинсын.
Рашид щүнди ю щинҗин –
Ги вынхуа цоли да щин.

Ниди гункў би хэ шын,
Зущён дынта, җуэди хун.
Ба заму хуэйминди лисы
Ни на хо щин щеди җын.

Ниди щинмин тэ гуйҗун –
Бакиров-җыдони йиче жын.
Тёён щүэсынму ни ю щин
Чиннян ба ни тэ донжын.

Кәлон тэ да, ниди нян куан,
Ба натар ду кан додини.
Хощён тэён зэ тяншон
Ги жын ба гуон садини.

Нисы ТарГУди жёшу,
Тегон куэщүэди бәшы.
Дыйхади җин-ян мә бян-ян,
Ниди гунло да, фәбуван.

До вәшон нисы сў жын,
Җяндан, лийи да, тэ жынйи.

回族的伤时
（给拉希德·巴克诺夫教授）

文明但[①]高，人聪明，
世上活去太轻省。
拉希德兄弟有心劲 –
给文化操哩大心。

你的工苦比海深，
就像灯塔，着的红。
把咱们回民的历史
你拿好心写的真。

你的姓名太贵重 –
巴克诺夫-知道呢一切人。
调养学生们你有心
青年把你太当人。

壳宦太大，你的眼宽，
把哪塔儿都看到的呢。
好像太阳在天上
给人把光洒的呢。

你是塔儿沟的教授，
铁钢科学的博士。
得下的经-验没边-沿[②]，
你的功劳大，说不完。

到我上你是熟人，
简单，礼仪大，太仁义。

Лян ни йиёнди жын жүнзы	连[3]你一样的真君子
Диндо лисышон на жин динзы.	钉到历史上拿金钉子[4]。
Ян фигуэии лю шынни,	雁飞过哩留声呢，
Жын зэ шышон лю минни.	人在世上留名呢。
Шышон жын лэди йибян,	世上人来的一遍，
Ба хо ганха дуэ жычян.	把好干下多值钱。
Хўда ги ни ги гончён,	呼达给你给刚强，
Йүнчи ги ни вэ панвон.	运气给你我盼望。
Ни ги чиннян ги тёён,	你给青年给调养，
Нисы хуэйминди гуонлён.	你是回民的光亮。

注释：

①但：表假设，如果。

②没边-沿：边-沿指界限，没边-沿就是没有界限，形容多、广。

③连：跟。

④金钉子：诗人把天上的星星比作金钉子。

Ни ди гун чынли **(ги Машынхаева Фатима)**	**你的功成哩** **（给玛什哈耶娃·法蒂玛）**
Гунщи, гунщи, Фатима Нисы хуэйзўди дынта. Жыгә винан сыжешон Ни ба дянйин лўшонли.	恭喜，恭喜，法蒂玛 你是回族的灯塔。 这个为难时节[1]上 你把电影录上哩。
Йиче жышыфынзы долэли, Ги дянйин ги жягуанлэли. Ниди чынгун жир чынли, Ги лисы ба гын захали.	一切知识分子到来哩， 给电影给价关[2]来哩。 你的成功今儿成哩， 给历史把根扎下哩。
Жыгә дянйин шынханни, Тасы йүнзун бумеди. Замуди хубый щищүәни, Ги ни чынчин дощени.	这个电影声喊呢， 它是永总不灭的。 咱们的后辈习学呢， 给你称情道谢呢。
Ги Фатима бонли монди, Жё дянйин чўли шыди. Вә до щиндиниди да щени, Жё нимуди фугуй зэ щүни.	给法蒂玛帮哩忙的， 叫电影出哩世的。 我到心底呢[3]的答谢呢， 叫你们的富贵[4]再续呢。

注释：

①时节：时候。

②价关：本指价钱，这里指评价、成绩。东干学校里学生的学习成绩分为五个“价关”。

③到心底呢：从内心里面，“到”用作介词“从”。

④富贵：借指荣誉。

Щинэ зымый
(Ги Мария Вансванова)

Зэ Алматы чынни сын-ёнли,
Хуэйзў нүжын.
Щянхуар йиён кэ вонли,
Ни тэ җүн-ён.
Җянли ни вə тэ гощин.
Чиннэди мыймый.
Хўда ба заму бəпэли –
Йүмян, жыншы.

Йүнчи фанчон җё суй ни,
Гуйҗун зымый.
Хубый ба ни йүн бу вон,
Фанчон җищён.
Хи-мин, ни зы щедини
Куəщүə, лисы.
Кəсы сыхур зы гуəдини,
Ни мə щехуан.

Ба сы бын фу щечўлэли
Бусы йи бын.
Ло-шо гощинди няндини
Хуэйзўди вынмин.
Ги ни чынчин дощедини
На җын щин.
Нисы хуэйзўди да шоншы,
Мария мыймый.

喜爱姊妹
（给玛丽亚·万斯瓦诺娃）

在阿拉木图城呢生-养哩，
回族女人。
鲜花儿一样开旺哩，
你太俊-样①。
见哩你我太高兴。
亲爱的妹妹。
呼达把咱们拨派②哩 –
遇面，认识。

运气泛常叫随你，
贵重姊妹。
后辈把你永不忘，
泛常记想。
黑-明，你只写的呢
科学，历史。
可是时候儿③只过的呢，
你没歇缓。

把四本书写出来哩
不是一本。
老-少高兴的念的呢④
回族的文明。
给你称情道谢的呢
拿真心。
你是回族的大伤时，
玛丽亚妹妹。

Ни ба гункў мә вон фи,	你把工苦没枉费，
Вәди нү йинщүн.	我的女英雄。
Ни тэ цунмин е жяндан,	你太聪明也简单，
Жүнзы йибан.	君子一般。
Ги сый ду бә ди тули,	给谁都叵低头哩，
Вәди зымый.	我的姊妹。
Хазах минжын тэнэ Ни,	哈萨克民人太爱你，
Гуйжун сынён.	贵重师娘。
Хуэйзўди шоншы зусы Ни,	回族的伤时就是你，
Йүвын куәщүә.	语文科学[5]。
Гунщи, Мария мыймый,	恭喜玛丽亚妹妹，
Мусуан жё чын.	谋算[6]叫成。
Жё Хўда ги Ни ги гончён,	叫呼达给你给刚强[7]，
Ризги ву бян.	里斯克[8]无边。
Вә ги ни панвон чынгун,	我给你盼望成功，
Тяндади йүнчи.	天大的运气。
Дуәще ниди хо щинли,	多谢你的好心哩，
Гуйжун мыймый.	贵重妹妹。

注释：

①太俊-样：俊-样，俊美漂亮；太俊-样，非常俊美、非常漂亮，俊美、漂亮得很。

②拨派：按照某种意志指引所作的安排。

③时候儿：时间。

④念的呢：念着。

⑤语文科学：语言文学方面的学术研究。

⑥谋算：计划。

⑦给你给刚强：给你刚强，句中的两个“给”表强调。

⑧里斯克：阿拉伯语借词，好事情或好东西。

Гунщи сынжыршон	**恭喜生日儿上**
Чунфын манмар гуадини	春风慢慢儿刮的呢
Ёнвапэни цоцор людини.	阳洼坡[1]呢草草儿绿的呢。
Щүэхуар нян жэтудини	雪花儿[2]撵热头的呢
Да шыту фынни чўдини.	打石头缝呢出的呢。
Ни хощёнгэ бый щүэхуар,	你好像个白雪花儿，
Зо чунтянди гуйжун хуар.	早春天的贵重花儿。
Дынгэ чин жын ги ни дуан,	等个亲人给你端，
Жё ниди щинни е щихуан.	叫你的心呢也喜欢。
Гунщи, Зўбдэ, сынжыршон,	恭喜，祖勃戴，生日儿上，
Вэ жон данзы чин ни чон.	我仗胆子请你尝。
Панвон жё ни куэ чын фон,	盼望叫你快成双，
Тэён ба гуон садо нишон.	太阳把光洒到你上。
Ни ба гункў мэ вон фи,	你把工苦没枉费，
Ниди кэлон тэ ю жин.	你的壳良太有劲。
Щён йиха вигэ жин,	想一下围个紧，
Йичеди сышон ю щинжин.	一切的事上有心劲。
Вэ щён жё ни гощинни,	我想叫你高兴呢，
Лян хуар йиён кэ фанни.	连花儿一样开繁呢。
Ба ниди гуйжун щён,	把你的贵重像，
Вэ щён зандо сывыншон.	我想錾到诗文上。

注释：

①阳洼坡呢：面向太阳的山坡。山的南面，河流的北面为阳面——阳洼坡呢。

②雪花儿：吉尔吉斯斯坦一种特有植物，生长在山上冰天雪地里的一种花儿，每年开春雪化的地方就是雪花儿开放的地方。

Чынчин доще

Вәди щинэди Аян,
Чынчин ги ни дощени,
Нисы вәди нү җүнзы,
Нүжын литу хоханзы.

Нисы хуар чунтянди,
Ба да тандо пу манди.
Хощён шывуди йүәлён,
Ба гәли-гәлор җо лён.

Ниди кәлон да, шу тэ сун,
Шәсан либян ни нынчын.
Ниди нян куан, щин лён,
Ги жын ни щён бонмон.

Бусы лисыжя ни вади шын
Ба зўбыйди лисы гын.
Зущён донсы вадини,
Йүә ва ни йүә гощин.

Ба сы быйди лисы гын
Ни щён җё хуэймин җы.
Ае ложынди лисы шын,
Җысы ниди зўбыйди гын.

称情道谢

我的喜爱的阿燕，
称情给你道谢呢，
你是我的女君子，
女人里头好汉子。

你是花儿春天的，
把大滩道铺满的。
好像十五的月亮，
把圪里-圪劳儿[1]照亮。

你的壳窅大，手太松，
舍散[2]里边你能成[3]。
你的眼宽，心亮，
给人你想帮忙。

不是历史家你挖的深
把祖辈的历史根。
就像当是[4]挖哩泥[5]，
越挖你越高兴。

把四辈的历史根
你想叫回民知。
阿爷老人[6]的历史深，
这是你的祖辈的根。

注释：

①圪里-圪劳儿：各个角落。

②舍散：阿拉伯语借词，“舍散”一词出自《古兰经》“暗暗舍散能消除真主的恼恨……”。此处的“舍散”是指舍弃财物帮助别人的一种义举，简言之就是施舍。

③能成：能做到。

④当是：好比是。

⑤挖哩泥：挖泥。

⑥阿爷老人：此处指带领东干人翻越天山、安家中亚的清末回民起义首领优素夫·阿孜列特。

Гунщичини!
(Лосанов Рахим 60 суй)

Бый щүә шан димян,
Лан тян ганжин тэ хокан.
Лян йигә янзы ду мәюди,
Тэён жоди мә жинжон,
Шызэ зохуа тэ чигуэ.
Ган лын, ган лынди
Дун жүә, ха шуди,
Жын йитуәр занбучў.
Бу цужинди тянчи еба,
Вәму жиргә тэ гощин.
Гунщичини ги Рахим.
Эрйүә 28 сы сын-ёнли
Лосанов Рахимди йитян,
Вәму жинли Хырхыз радиоди,
Да тинзыни кижын зуә манли.
Ду ги хуэймин радиоди
Бянжи Лосанов гунщилэли.
Вице-президент ги Рахим,
Ба Минйү грамота дуанги –
Кә чуанлигә хырхызди
Чапан, дэлигә бый халпах.
Жыгә жын тэ мяншан,
Щинфа хо, жынйи, цунмин
Тасы хуэйзў радиогифәди
Бянжи, юсы гуонбэйүан.
Зэ жыгә вынмин хуәшон
Та зўли 20 жи нянли.

恭喜去呢！
（老三诺夫·拉黑木六十岁）

白雪苫地面，
蓝天干净太好看。
连一个燕子都没有的，
太阳照的没劲张[①]，
实在造化[②]太奇怪。
干冷，干冷的
冻脚，哈手的，
人一坨儿[③]站不住。
不凑劲的天气也罢，
我们今儿个太高兴。
恭喜去呢给拉黑木。
二月二十八是生-养哩
老三诺夫·拉黑木的一天，
我们进哩吉尔吉斯广播电台的，
大厅子呢客人坐满哩。
都给回民广播电台的
编辑老三诺夫恭喜来哩。
副总裁给拉黑木，
把名誉奖状端给 –
可穿哩个吉尔吉斯的
袷袢[④]，戴哩个白帽子。
这个人太面善，
心法好，仁义，聪明
他是回族广播电台给说的
编辑，又是广播员。
在这个文明活上
他做哩二十几年哩。

Вуҗин хан гунзуәдини.	如今还工作的呢。
Та хансы “Хуэймин бо” ди	他还是《回民报》的
Тунщинжын, щеди жын,	通讯人，写的人，
Нянкэ гифәди шын лин,	念开给说的声灵，
Щехади вынҗон лисы шын.	写下的文章历史深。
Рахим щүнди, сынжыршон	拉黑木兄弟，生日儿上
Вә на жәщин гунщи Ни!	我拿热心恭喜你！
Люшы суй е бу дуә.	六十岁也不多。
Җы цэсы шонву гуә.	这才是晌午⑤过。
Ни нянчин, ю щинҗин.	你年轻，有心劲。
Вынмин сышон ни донсы.	文明事上你当事。
Чиннён йүян җыди шын.	亲娘语言知的深。
Җё Алла Торля ги гончён.	叫安拉淘儿俩⑥给刚强。
Вә ги ни панвон чон мин	我给你盼望长命
Бый суй, да чынгун.	百岁，大成功。

注释：

①没劲张：劲张，借指力量、声势，此处的“没劲张”指阳光热量小。
②造化：大自然。
③一坨儿：一处儿。
④袷袢：吉尔吉斯、塔吉克等族男子所穿的一种无领对襟长袍。
⑤晌午：中午，比喻人刚过中年。
⑥安拉淘儿俩：阿拉伯语，意思是安拉最大。

情 Чин жиди 记的

Чиннён

亲娘

Щёнче ни, вәди чиннён,
Ю дуәму жичон.
Ниди шу ю дуәму мян,
Вә тэ футан.
Нэдо тушон бин хони,
Йүәлё йибан.
Ниди щёляр са жә гуон,
Хощён тэён.

Шо фи жё, тепый гончён,
Вәди чиннён.
Лёнбин йинфи фашонли,
Ни хан бу хуан.
Суннан-дизы ни жуали,
Гын-яр люха.
Жисы ниди щин динни,
Жисы щехуан.

Дуәшо чунтян ни жянли
Жыгә шышон.
Ба эрнү жуали мин йиён,
Щинще фишон.
Замужя ба ни вондёни,
Ниди щинщён?
Фанчон зэ вә мянчянни,
Тэён йиён.

想起你，我的亲娘，
有多么记怅[①]。
你的手有多么绵，
我太舒坦。
挨到头上病好呢，
月亮一般。
你的笑脸儿洒热光，
好像太阳。

少睡觉，贴赔刚强，
我的亲娘。
两鬓银水刷上哩[②]，
你还不缓[③]。
孙男-嫡子你抓哩，
根-芽儿留下。
几时你的心定呢，
几时歇缓。

多少春天你见哩
这个世上。
把儿女抓哩命一样，
心血费上。
咋么价[④]把你忘掉呢，
你的形象？
泛常在我面前呢，
太阳一样。

注释：

①记怅：因思念而惆怅。
②银水刷上哩：鬓角斑白，像银白色的水刷上了一样。
③缓：歇缓、休息。
④咋么价：怎么能够。

Родная мама

Чем чаще тебя вспоминаю,
Тем ближе становишься мне.
Любимая мама, родная,
Ты словно приходишь во сне.

И теплые, мягкие руки,
Кладешъ на головку мою.
Проходят и боль, и недуги,
И словно я ангел в раю.

Когда улыбаешься, мама,
Всё сразу светлеет вокруг,
Не чувствуешь горя ни грамма
От ласковых маминых рук.

В висках твоих прячется иней,
Здоровье свое не щадишь,
С далеких времен и поныне,
Ты снова ночами не спишь.

Все думаешь, делаешь что-то,
Себя забываешь для нас.
Работа, работа, работа…
Но мы уж не дети сейчас.

Когда ты не будешь упорно
Нести этот груз на плечах?
И так ты оставила корни,

亲妈妈①

我越经常想起你，
越对你更亲近。
亲爱的妈妈，亲近的，
你就像来到我的梦里。

你把温暖的，绵软的手，
放在我的小头上，
所有的痛苦和疼痛一下就没有了，
我就是你天堂中的天使。

妈妈，（你）笑的时候，
周围一切就明亮了。
感觉不到一点痛苦
因为妈妈的温柔的手。

风霜染白了你的鬓角，
你不疼惜自己的健康，
从很久我出生直到现在，
由于担心你整夜不睡觉。

一直在忙碌着，操劳着，
失去了对我的陪伴。
一直在工作，工作，工作……
但我们已经不是孩子了。

你什么时候放下
肩膀上沉重的担子？
你给孩子孙子

Взрастив сыновей и внучат.	留下了教育的根基。
А сколько ты видела весен	多少个春天从你面前经过
За тяжкие годы и дни?	在生活过的日子里？
Мы все тебя, милая, просим:	妈妈，亲爱的妈妈，我们请求：
– Забудь обо всём, отдохни!	–忘记艰苦的劳作！
Твой образ в душе не сгорает,	你的形象在我心中永久不灭，
К тебе я сквозь годы лечу.	我多年一直跟着你。
Когда я тебе, дорогая,	亲爱的妈妈，我什么时候，
За сердце твое отплачу?	为你的付出给予报答？

注释：

①这是阿依莎·曼苏洛娃用俄文创作的一首怀念母亲的诗。该诗的翻译是在哈萨克斯坦东干族留学生王海同学的帮助下完成的。

Вə щён нили, ама!

Вə щёнли, щёнли, щён нили
Гуйжун ама.
Зэ ни зухади лўшон вə зули,
Щинэ ама.
Щёнли ни луəхади мəмəли,
Гуйжун ама.
Ни зуəхади вəршон вə зуəли,
Вəди ама.

Щёнче ни, щин луə луйни,
Гуйжун ама.
Жирсы ниди гуйжун сынжыр,
Щинэ ама.
Ба хун хуар ги сый дуанни,
Ни фə, ама?
Ни ги вəму туə мынлэ,
Вəди ама.

Щёнче ни, нянлуй ян щинни,
Тэ пəфан, ама.
Виса жыгə шышон мə нили,
Щинэ ама?
Ниди суй нүр кўди, хандини:
Ама, ама!
Щён ниди йимяр, биндоли,
Гуйжун ама.

Ни зэхади гуйхуар ду кэли –

我想你哩，阿妈！

我想哩，想哩，想你哩
贵重阿妈。
在你走下的路上我走哩，
喜爱阿妈。
想哩你烙下的馍馍哩，
贵重阿妈。
你坐下的窝儿[1]上我坐哩，
我的阿妈。

想起你，心落泪呢，
贵重阿妈。
今儿是你的贵重生日儿，
喜爱阿妈。
把红花儿给谁端[2]呢，
你说，阿妈？
你给我们托梦来，
我的阿妈。

想起你，眼泪淹心呢，
太颇烦，阿妈。
为啥这个世上没你哩，
喜爱阿妈？
你的碎女儿哭的，喊的呢：
阿妈，阿妈！
想你的一面儿[3]，病倒哩，
贵重阿妈。

你栽下的桂花儿都开哩 –

Канлэ, ама?	看来，阿妈？
Жё вә зэ натар зо ничини,	叫我在哪塔儿找你去呢，
Ни фә, ама?	你说，阿妈？
Щёнди вәди щин тэ тын,	想的我的心太疼，
Щинэди ама.	喜爱的阿妈。
Ни дансы зэ, на шу пынни,	你但是在，拿手碰呢，
Гуйжун ама.	贵重阿妈。

注释：

①窝儿：地儿，位置，地方。

②端：敬辞，奉送，赠送。

③一面儿：表原因，因为。

Шәбудыйди чиннён

Ниди щинэ би хэ шын,
Вәди шәбудыйди чиннён.
Мәю ни вә дуан җиншын,
Тэ пәфан, мәю гощин.

Шо фи жё, тепый гончён,
Вәди гуйжун чиннён.
Ни на щин ше жуали,
Мин йиён, хўшанли.

Ниди щёляр вәшон чин,
Хощён тэён җодо щин,
Хо хуа ги вә зунҗинли
Пәфан, нанщин ни гэли.

Ба ни фанчон вә сылён,
Ни до вәшон йүә җичон.
Щинэ, лянщинди чиннён.
Туә мынлэ ги вә фанчон.

Фимындини хан цощинли,
Вәди нежон, щинэ чиннён.
Щинни тэ тын, нянлуй бу ган,
Вә шәбудыйди чиннён.

Мынҗян ни, вә кўли.
Җынту ду по шыдёли.
Нежон чиннён бу лэли,

舍不得的亲娘

你的喜爱比海深，
我的舍不得的亲娘。
没有你我短精神，
太颇烦，没有高兴。

少睡觉，贴赔刚强，
我的贵重亲娘。
你拿心血抓哩，
命一样，护苦[1]哩。

你的笑脸儿我上亲，
好像太阳照到心，
好话给我纵劲[2]哩
颇烦，难心你解[3]哩。

把你泛常我思量，
你到我上越记怅。
喜爱，连心的亲娘。
托梦来给我泛常。

睡梦地呢[4]还操心哩，
我的孽障，喜爱亲娘。
心呢太疼，眼泪不干，
我舍不得的亲娘。

梦见你，我哭哩。
枕头都泡湿掉哩。
孽障亲娘不来哩，

Нянлуй ба щин яндёли.	眼泪把心淹掉哩。
Шышон зыю ни чин,	世上只有你亲，
Гуйжун, лянщинди чиннён.	贵重，连心的亲娘。
Дуэще ниди щинкўли,	多谢你的辛苦哩，
Дуэще ниди жэщинли.	多谢你的热心哩。
Вужин хан щён щёчунни,	如今还想孝顺[5]呢，
Гуонсы шышон мэ нили.	光是世上没你哩。
Нынчин ги ни мэ бушон,	恩情给你没补上，
Вэ шэбудыйди чиннён.	我舍不得的亲娘。

注释：

①护苫：呵护，保护，护理，遮挡。
②纵劲：鼓劲，鼓励，激励。
③解：读音“gài”，解除，消除。
④睡梦地呢：做梦中。
⑤孝顺：读音“xiāo chong”，意思与“孝顺”相同。

Щинни тэ тын

Шыйүə 19-сы линйирди йитян,
Ба ни зэ бунын җян.
Хи йүн ба тян җәдёли,
Нянлуй ба щин яндёли.

Сылёнчелэ ни, вәди чиннён
Ту тэ җун, щинни тын.
Җисы ба ни вондёни?
Ни фә, вәди гуйжун нён.

Жын ду фәди, хуон тў
Ги щинни, вәди чиннён.
Сыхур йүә дуә, йүә щён
Нежон, щинэди чиннён.

До жир вә хан дындини,
Зулян дынли вә дади йиён.
Дынли люшы җи нянли –
Дэдў җон нашон зудёли.

Дада йүн бу хуэйлэли,
Ни е гыншон зудёли.
Зымый е ду зуванли,
Вә гўжын йигәр шынхали.

Вәди пәфан чынбухали,
Нянлуй ба щин яндёли.
Щинни тын, мә щинҗин,
Нян фа хи, мә җиншын.

心呢太疼

十月十九-是临尾儿的一天，
把你再不能见。
黑云把天遮掉哩，
眼泪把心淹掉哩。

思量起来你，我的亲娘
头太重，心呢疼。
几时把你忘掉呢？
你说，我的贵重娘。

人都说的，黄土
隔心呢，我的亲娘。
时候儿越多，越想
孽障，喜爱的亲娘。

到今儿[①]我还等的呢，
就连等哩我达[②]的一样。
等哩六十几年哩 –
歹毒仗[③]拿上走掉哩。

达达永不回来哩，
你也跟上走掉哩。
姊妹也都走完哩，
我孤人一个儿剩下哩。

我的颇烦盛不下哩，
眼泪把心淹掉哩。
心呢疼，没心劲，
眼发黑，没精神。

注释：

①今儿：今天。②达：父亲。③仗：战争。

Вәди мучин

Ни на щинще жуали,
Вәди мучин.
Тёёнли на жәщин,
Вәди мучин.
Ни тынчонли, зущён мин,
Вәди мучин.

На шынти жә фын, дон йүли,
Вәди мучин.
Ниди бый нэ тэ жычян,
Вәди мучин.
Жисы ба нынчин бушонни,
Вәди мучин.

Данпа, бубушон, хуанбуван,
Вәди мучин.
Ба ниди хо щин вә бу вон,
Вәди мучин.
Шышон зыю ни гуйжун,
Вәди мучин.

我的母亲

你拿心血抓哩，
我的母亲。
调养①哩拿热心，
我的母亲。
你疼怅②哩，就像命，
我的母亲。

拿身体遮风，挡雨哩，
我的母亲。
你的白奶太值钱，
我的母亲。
几时把恩情补上呢，
我的母亲。

耽怕③，补不上，还不完，
我的母亲。
把你的好心我不忘，
我的母亲。
世上只有你贵重，
我的母亲。

注释：

①调养：关怀，教育，培养。
②疼怅：疼爱。
③耽怕：恐怕。

Вə дади щянзы
(Ги Э. Мансуров)

Вə дади щянзы тэ гуйжун,
Луəму лю гыр сы.
Зэ нан чёншон гуадини,
Сы жынди щин.
Ба жыгə щянзы дан канжян,
Нянлуй ян щин.
Зущёнсы зыжи чондини,
Лади кў йин.

Вə жидый гуйжун щянзы,
Няндэ тэ дуə.
Та щянди сыхур танхади,
Жунжын нэ тин.
Вə да танкэ шянзыли,
Тэён чў сан.
Щясан фынфыр гуатуəни –
Жын тэ футан.

Вə дади жыгə щянзыди,
Шынчи линфан.
Та дансы надо шуни,
Линдор йибан.
Йи жү, йи жү фəдини,
Щиндини пəфан.
Гощин чүзы е чондини,
Жё хуар кэ фан.

我达的弦子[1]
（给Э. 曼苏洛夫）

我达的弦子太贵重，
落末[2]六根儿丝。
在南墙上挂的呢，
是人的心。
把这个弦子但[3]看见，
眼泪淹心。
就像是自己唱的呢，
拉的苦音。

我记得贵重弦子，
年代太多[4]。
他闲的时候儿弹下的，
众人爱听。
我达弹开弦子哩，
太阳出山。
下山风风儿刮脱呢[5] –
人太舒坦[6]。

我达的这个弦子的，
声气灵泛[7]。
它但是拿到手呢，
铃铛儿一般。
一句，一句说的呢，
心底呢颇烦。
高兴曲子也唱的呢，
叫花儿开繁。

Жынжын ду югə вонщённи,
Щинэ йинган.
Чё шу нэдо щянзышон,
Фəди тэ жын:
(Хогəр дищүн, ниму тин,
Хуəдо шышон –
Шы фурди жянчё сы сан фур,
Люха чи фур.)

人人都有个望想呢，
喜爱营干。
巧手挨到弦子上，
说的太真：
（好哥儿弟兄，你们听，
活到世上 –
十份儿的奸巧使三份儿，
留下七份儿。）

Вə дади щянзы чүан жынни,
Чё йин зуан шин.
Шышон лэдисы йибян,
Ба хо ни ган.
Дансы ю жин, шон лан тян,
Быйлир йибан.
Ба щинщю жюшон,
Садо димян.

我达的弦子劝人呢，
巧音钻心[8]。
世上来的是一遍，
把好你干。
但是有劲，上蓝天，
百灵儿一般。
把星宿揪上，
洒到地面。

Дансы лэ ки, жечишон
Та зу вивон.
Щянзы бу тынди чондини
Хуэйзў чүвон:
“Щёлар хэ бин”, “Чў мын жын”,
Дусы кў йин.
Хуэйзў йиче ду нэ тин.
Замуди гын.

但是来客，节气上
它就为王。
弦子不停的唱的呢
回族屈枉：
《小兰儿害病》，《出门人》，
都是苦音。
回族一切都爱听。
咱们的根。

Вə дади щянзы тэ гуйжун,
Луəму лю гыр сы.
Зэ нан чёншон гуадини –

我达的弦子太贵重，
落末六根儿丝。
在南墙上挂的呢 –

Сы жынди щин.	是人的心。
Дансы канжян жыгә щянзы,	但是看见这个弦子，
Нянлуй ян щин.	眼泪淹心。
Зущёнсы зыжи чондини,	就像是自己唱的呢，
Лади кў йин.	拉的苦音。

注释：

①弦子：六弦琴。
②落末：总共。
③但：只要。
④太多：很久。
⑤风风儿刮脱呢："脱"，表开始，这是一个比喻句，意思是像微风开始吹起来（一样）。
⑥舒坦：舒服。
⑦声气灵泛：声气，即声音；灵泛，指能发出或哀怨、或欢快的不同声音。
⑧钻心："钻"，穿过，进入；"钻心"，深入内心。

## Нисы шынщян	## 你是神仙
(Ги Я. Шывазы)	**（给Я. 十娃子）**
Җүнмый вуйүә кә доли,	俊美五月可到哩，
Ниди щинщён,	你的形象，
Хощён тэён, чўлэли,	好像太阳，出来哩，
Җё вә җищён.	叫我记想。
Ба ниди гуйжун щён	把你的贵重像
Вә йүн бу вон.	我永不忘。
Фанчон зэ щинни быйдини,	泛常在心呢背的呢，
Чиннён тэ щён.	亲娘太像。
Ниди тохуар кэ фанли,	你的桃花开繁哩，
Фыннуннурди цуан.	粉嫩嫩儿的窜[①]。
Вугынцыр бутынди чондини,	五更鸥儿不停的唱的呢，
Го тяншон щүан.	高天上旋。
Ги вә соди щин лэли,	给我捎的信来哩，
Сынжыр-мянчян.	生人儿-面前。
Ба ниди хо щинчон	把你的好心肠
Няннян вә җищён.	年年我记想。
Фәе, зыҗинхуар гәшонли	佛爷[②]，紫荆花儿搁上哩
Ги баншынщён.	给半身像。
Суннан-дизы нян суәрли	孙男-嫡子念苏儿[③]哩
Ниди фыншон.	你的坟上。
Ваму җищён нидини	娃们记想你的呢
На линдор шын.	拿铃铛儿声。
Ба ниди сывын няндини,	把你的诗文念的呢，
Чё хуа зуан щин.	巧话钻心。

Нянди щинни тэ ножын,
Нянлуй ян щин.
Ниди тунхон тэ цунмин,
Ба ни мә вон.
Жиргә йиче шу цуанли,
Щүәтон да йүан.
Ло-шо йиче зан манли,
Жочў ни вон.

念的心呢太熬人，
眼泪淹心。
你的同行太聪明，
把你没忘。
今儿个一切收全哩，
学堂大院。
老-少一切站满哩，
照住你望。

Зущён чиннён зандини,
Щинщён гуйжун.
Нянлуй ман нян жуандини,
Тонди бу тын.
Баншынщёнди дайүарни
Хун хуар пуман.
Жын ги ни ди тудини,
Нисы шынщян.

就像亲娘站的呢，
形象贵重。
眼泪满眼转的呢，
淌的不停[4]。
半身像的大院儿呢
红花儿铺满。
人给你低头的呢，
你是神仙。

注释：

①窜：香味浓郁。

②佛爷：芍药的音变，“佛爷”即芍药花。

③念苏儿：苏儿，阿拉伯语借词，本指《古兰经》的章、节，回民一般把念经叫“念苏儿”。

④停：读音“tēng”，意思与“停”相同。

Щин ду тын
(Ги вәди дада)

Йичян жюбый сышы эр нян,
Жин җон дади тэ пәфан,
Җүнжын неҗонди шәдини,
Зысы вон дони дедини.

Санжүәр щиншон щедини,
По-зыр йү йиён щядини.
Мә минди җүнжын тондини,
Ще, лян фи йиён, тондини.

Җанхо зусы тади фын,
Задан дешон мэди шын.
Эрнү, чижын бу жянли,
Щин ду сычын куэкуэрли.

Жыгә дэдў нянщяншон,
Ба вәди дада тёшонли.
Вәму неҗонди сундини,
Нянлуй на па туйдини.

Жыгә пәфан, вә фәбуван,
Лозы шонли җин җонли.
Мә гуә бан нян шәдёли,
Щин, лян зы йиён, бәхали.

Залуй йиён, тинжянли,
Ба хи дандар җешонли.
Жыгә шышон мә нили,
Вәму дуанли җиншынли.

心都疼
（给我的达达）

一千九百四十二年，
紧仗①打的太颇烦，
军人孽障的折的呢，
只是往倒呢跌的呢。

三角儿信上写的呢，
炮-子儿雨一样下的呢。
没命的军人躺的呢，
血，连水一样，淌的呢。

战壕就是他的坟，
炸弹跌上埋的深。
儿女，妻人不见哩，
心都撕成块块儿哩。

这个歹毒年限上，
把我的达达挑上哩。
我们孽障的送的呢，
眼泪拿耙推的呢。

这个颇烦，我说不完，
老子②上哩紧仗哩。
没过半年折掉哩，
心，连纸一样，薄下哩。

炸雷一样，听见哩，
把黑单单儿③接上哩。
这个世上没你哩，
我们短哩精神哩。

Нянлуй, йү йиён, щядини.
Щинниди зывон хуәдини.
Йитян до хи дындини,
Җисы лозы хуэйлэни.

眼泪，雨一样，下的呢。
心呢的指望④活的呢。
一天到黑⑤等的呢，
几时老子回来呢。

Ба ни йүнзун вə бу вон,
Фанчон ба ни вə җищён.
Ниди фынйүан вə мə жян,
Зэ Россияни, ли вə йүан.

把你永总我不忘，
泛常把你我记想。
你的坟院⑥我没见，
在俄罗斯呢，离我远。

Ги ни вəму мə шон фын,
Ющён фанчон жяндини.
Данпа, ни е вынҗянли,
Вə на пəфан җищёнли.

给你我们没上坟，
又像泛常见的呢。
耽怕，你也闻见哩，
我拿颇烦记想哩。

Вəди дада тэ нежон,
Вəшон ни хан зэ шыни.
Вə ба ниди гуйжун щён,
Зу щён зандо сывыншон.

我的达达太孽障，
我上你还在世呢。
我把你的贵重像，
就想錾到诗文上。

Шышон годи бə да жон,
Эрнү, нёнлозы туанйүанди.
Мəю лозыди жын бəщин,
Лозы щёнди щин ду тын.

世上高低叵打仗，
儿女，娘老子团圆的。
没有老子的人薄心⑦，
老子想的心都疼。

注释：

①紧仗：战事紧急，战斗激烈。
②老子：父亲，一般娘老子连在一起说。
③黑单单儿：指代阵亡通知书。
④指望：希望。
⑤一天到黑：从早到晚。
⑥坟院：坟墓。
⑦薄心：“薄”，指快乐少；“薄心”，感觉不到幸福。

Жищён
(Ги вəди нёнжю Я. Шывазы)
90 суйди сынжыршон

记想
（给我的娘舅Я. 十娃子）
九十岁的生日儿上

Йүли сыли, кын зо ни,
Лозы йибан.
Зандо гынчян вə пəфан,
Нянлуй щён чүан.
Дан гошинли, е тали
Ниди гуй мын.
Фанчон ба вə җейинли
Ниди вын шын.

Щёнче лозы, гун нянлуй,
Чин чүан йиён.
Вə дадасы лищён жын,
Фын вə мə шон.
Ни на чё шын чүан вəли,
– Йүнзун бə вон.
Ниди лозысы шəхити,
Фанчон җищён.

Җыхур заннян нидини,
Вуйүə җунҗян.
Хи йүн ба щин зонянли.
Файүн нянчян.
Җисы ба ни быйгуəни,
Нянлуй ян щин.
Җир кə җищён нидини,
Нёнҗю гуйҗун.

遇哩事哩，肯找你，
老子一般。
站到跟前我颇烦，
眼泪像泉。
但高兴哩，也踏哩
你的贵门。
泛常把我接迎哩
你的问声。

想起老子，滚眼泪，
清泉一样。
我达达是离乡人，
坟我没上。
你拿巧声劝我哩，
– 永总叵忘。
你的老子是舍黑体，
泛常记想。

这候儿赞念[1]你的呢，
五月中间。
黑云把心罩严哩。
发晕眼前。
几时把你背过[2]呢，
眼泪淹心。
今儿可记想你的呢，
娘舅贵重。

注释：

①赞念：想念，思念。
②背过：忘记。

Вугынцыр
(Ги Я. Шывазыди 100 суй)

Чунтян доли, тэ хокан,
Ниди фәе кәди фан.
Вугынцыр зэ тяншон щүан,
Вәди щинни тэ пәфан.

Канжян ниди баншынщён,
Вә тэ пәфан, вәди нёнжю.
Щинни тэ тын, ю ножын,
Нян фа хи, нянлуй ян щин.

Ба ни вә кә мынжянли,
Вәди вонбудёди нёнжю.
Жын ду фәди, быйгуәни
Быйгуәли данпа йинжю.

Ниди хуа вә жидини:
(– Ба вә бә вон, ни жищён.)
Ни фонщин, вә йүн бу вон,
Бу ли щин фанчон сылён.

Вужин гуон бусы вә жищёндини.
Ни щинэди йинче хуэймин
Жищён ниди быйсуйдини,
На жәщин нян суәр, занняндини.

Наче “Хуэймин бо” тэ пәфан
Нянлуйхуар ман нян жуан.

五更鸱儿
（给Я. 十娃子的一百岁）

春天到哩，太好看，
你的佛爷开的繁。
五更鸱儿在天上旋，
我的心呢太颇烦。

看见你的半身像，
我太颇烦，我的娘舅。
心呢太疼，又熬人，
眼发黑，眼泪淹心。

把你我可梦见哩，
我的忘不掉的娘舅。
人都说的，背过呢
背过哩耽怕隐疚[1]。

你的话我记的呢[2]：
（－把我叵忘，你记想。）
你放心，我永不忘，
不离心泛常思量。

如今光不是我记想的呢。
你喜爱的一切回民
记想你的百岁的呢，
拿热心念苏儿，赞念的呢。

拿起《回民报》太颇烦
眼泪花儿满眼转。

Натар ду щеди ниди щинмин,	哪塔儿都写的你的姓名，
Вэшон тэ чин ниди гуймин.	我上太亲[③]你的贵名。

注释：

①隐疚：内疚，痛苦。

②记的呢：记着。

③我上太亲：对我来说(你)多么亲切。

Нисы щянсын
(Ги Ясыр Шывазы)

你是先生
（给亚瑟儿·十娃子）

Фэсы, ни ба гощин садини
Вон димяншон.
Ба ниди щинкў җидини,
Чёмё сывын.
Ниди хубый зун бу вон –
Ба ни җищён.
Мый йи хонхорди йисы шын,
Вэшон гуйжун.

Фэсы, ни ба йүнчи дуандини
Ги йиче жын.
Ни җё хуэйзў хан хуэни
Люха ба гын.
Чунтянди зо хуар кэ фанли,
Тандо пу хун.
Вугынцыр шын тинҗянли,
Чонди тэ лин.

Фэсы, ни җё хуэйзў гончённи,
Зущён щянсын.
Фанчон ги жын пый йүэни,
Бу җё хэ бин.
Зудо натар нын тинҗян
Ниди хо щин.
Зун тинбудо хуэйзўжын
Ниди сывын.

Ниди щённиди жын цунмин

说是[1]，你把高兴洒的呢
往地面上。
把你的辛苦记的呢，
巧妙诗文。
你的后辈总不忘 –
把你记想。
每一行行儿的意思深，
我上贵重。

说是，你把运气端的呢
给一切人。
你叫回族还活呢
留下把根。
春天的早花儿开繁哩，
滩道铺红。
五更鸥儿声听见哩，
唱的太灵。

说是，你叫回族刚强呢，
就像先生。
泛常给人配药呢，
不叫害病。
走到哪塔儿能听见
你的好心。
总听不到回族人
你的诗文。

你的乡呢的人聪明

Ба ни донжын.
Щүэтон нанди ниди минзы
Ясыр шывазы.
Тали ниди җүэзунди
Щүэсын нынчын.
Зудо натар ду нянди
Ниди сывын.

Ниди чё хуа зуан щинни,
Шындо щинҗун.
Ду чондисы йүнчи, гощин
Суйди гон фын.
Чонди ниди бын щёнҗуон
Фанчон фаҗон.
Ниди җүнмый щёнҗуонни
Щюзэ щүэтон.

Фэсы, ни ги чиннян люхали
Гуйҗун сывын.
Җё суннан дизы-ду нянчи –
Е чын щянсын.
Гўнён, щёхуэр ду чонди
Ниди чүвын.
Замужя ба ни вондёни,
Ни фэ, щянсын?

把你当人。
学堂[2]安的[3]你的名字
亚瑟儿·十娃子。
踏哩你的脚踪的
学生能成。
走到哪塔儿都念的
你的诗文。

你的巧话钻心呢，
神[4]到心中。
都唱的是运气，高兴
随的刚风。
唱的你的本乡庄
泛常发展。
你的俊美乡庄呢
修在学堂。

说是，你给青年留下哩
贵重诗文。
叫孙男嫡子-都念去 –
也成先生。
姑娘，小伙儿都唱的
你的曲文。
咋么价把你忘掉呢，
你说，先生？

注释：

①说是：人都说。

②学堂：学校。

③安的：叫的，以某人的名字命名。

④神：躲藏。

Вәди тянщян

Вәди пәфан фәбуван
Ги ни, тянщян.
Вава кўди дуан җиншын,
Щинни тэ суан.
Сылёнче ни щён кўни,
Нянлуй ян щин.
Тэён җё йүн җәдёли,
Щинни тэ кун.

Фанчон ни зэ щиннини,
Бу җё щин дин.
Хили фиха хў нансуан
Щинвәрни тын.
Нянлуй ян щин, нянчян хи,
Еван тэ чон.
Җисы тэён җошонни,
Лан тян җё лён.

Мәю ни, вәди тянщян,
Вәшон тэ нан.
Вугынцыр ду бу чонли,
Гыншон пәфан.
Нашон са ду дедини –
Шувәр мә җин.
Жэту сэди ду бу нан,
Даҗан хуншын.

Замуди чунтян бу лэли,

我的天仙

我的颇烦[1]说不完
给你，天仙。
娃娃哭的短精神，
心呢太酸。
思量起你想哭呢，
眼泪淹心。
太阳叫云遮掉哩，
心呢太空[2]。

泛常你在心呢呢，
不叫心定。
黑哩睡下胡暗算
心窝儿呢疼。
眼泪淹心，眼前黑，
夜晚太长。
几时太阳照上呢，
蓝天叫亮。

没有你，我的天仙，
我上太难。
五更鸱儿都不唱哩，
跟上颇烦。
拿上啥都跌的呢 –
手窝儿没劲。
热头[3]晒的都不暖，
打颤浑身。

咋么的春天不来哩，

Вәди тянщян.	我的天仙。
Тэён зущён мә жинли	太阳就像没劲哩
Бу щён цунчян,	不像从前，
Шыщонди гощин зусы ни	世上的高兴就是你
Вәди тянщян.	我的天仙。
Мәю ни, мәю гощин,	没有你，没有高兴，
Шызэ пәфан.	实在颇烦。

注释：

①颇烦：心里特别烦躁不安。

②太空："太"，很；"空"，空虚；"太空"，即非常空虚。

③热头：太阳。

Йисы тэ шын

(Ги вәди баба Э. Эрбудў)

Йүян тэ чё, зуй ю нын.
Хуэйзўди кулюр жыди шын.
Ниди щёфә йисы шын,
Дансы нянли, зуан жын щин.

Бый янхў ни щеди жын,
Масанчынсы хо йинщүн.
Жысы хуэйзўди жынжы гын
Заму бу вон, жидо щин.

Жуәжун нүжын тэ нэ тин
“Щемый щёнтун”“Нүжынди щин”
“Гўнёнди вонщён”“Мэжерди нын”
Жыще фуди гын тэ шын.

Чонкэ чүзыли, шын тэ лин,
Фәкэ хуали, йүян шын.
Жынжын йиче ду нэ тин,
Нисы хуэйзўди йизан дын.

意思太深

（给我的爸爸①Э. 阿布都）

语言太巧，嘴又能②。
回族的口溜儿③知的深。
你的小说意思深，
但是念哩，钻人心。

白彦虎你写的真，
马三成是好英雄。
这是回族的正直根
咱们不忘，记到心。

着重女人太爱听
《血脉相同》《女人的心》
《姑娘的望想》《买姐儿的能》
这些书的根太深。

唱开曲子哩，声太灵，
说开话哩，语言深。
人人一切④都爱听，
你是回族的一盏灯。

注释：

①爸爸：叔叔。
②嘴能：擅长语言表达。这里主要指阿布都作为享誉中亚的东干作家，运用文学语言的高超技巧。
③口溜儿：顺口溜。
④人人一切：“一切人”的倒装形式，即所有的人。

Фимын дини

Фимын дини ни лэли,
Йипулар щё.
Вәди тудини зуәдини,
Лян фә дэ щё.
Ба вә линшон лончили,
Зэ го саншон.
Гощинди җюли щян хуарли,
Ги вә дэшон.

Зуәргә ба ни мынҗянли,
Мынди тэ щян.
Йүәлён дини зандини,
Ни тэ гансан.
Зущён ги вә фәдини:
– Куэ вончян зан.
Сыхур доли, йүмянни,
Вәди тянщян.

Шынлан тяншон щүандини,
Зы тинди шын.
Быйлир йиён, чондини
Вули эрфын.
Шонха ба ни вә золи,
Мәю йинщён.
Щиндини вә пансуанли
Щёнтян мә җян.

Йүәяр дунзэ лон-яншон,

睡梦地呢[1]

睡梦地呢你来哩，
一扑拉儿[2]笑。
我的头底呢坐的呢，
连说带笑。
把我领上浪去哩，
在高山上。
高兴的揪哩鲜花儿哩，
给我戴上。

昨儿个把你梦见哩，
梦的太显。
月亮地呢站的呢，
你太干散[3]。
就像给我说的呢：
– 快往前站。
时候儿到哩，遇面呢，
我的天仙。

深蓝天上旋的呢，
只听的声。
百灵儿一样，唱的呢
入哩耳缝。
上下把你我找哩，
没有影像。
心底呢我盘算哩
香甜没减。

月牙儿蹲在廊-檐上，

Туди е кан.	偷的也看。
Дэ ни лонли да хуайүан,	带你浪哩大花园，
Чёшон кын зан.	桥上肯站。
Җивар монди җё тянмин	鸡娃儿④忙的叫天明
Щинлэ пәфан.	醒来颇烦。
Вәди щин тё, жу җанди,	我的心跳，肉颤的，
Ба ни бу җян.	把你不见。

注释：

①睡梦地呢：地，所处的位置或环境。睡梦地呢，即睡梦中，梦中。

②一扑拉儿：用于连在一起或连成一簇的东西，这类词还有“一串串儿”、“一嘟噜儿”等。

③干散：干练，精神状态好。

④鸡娃儿：鸡，此处指公鸡。

Вәди зывон
(ги вәди эрзы)

Җиргә йиче ду шушон,
Гунщилэли, саншы суйшон.
Туарму бэдо җуәзышон,
Хокан, җүн-ён, видо щён.

Гунщи, Закир, сынжыршон,
Мама ги ни пан гончён.
Жэту фанчон җё са гуон.
Зуди лӯшон хуар пушон.

Ни до вәшон тэ гуйжун,
Вәди зывон, вәди мин.
Җё ни ган са ду чынгун,
Суй ни йүнчи дэ гощин.

我的指望
（给我的儿子）

今儿个一切都收上，
恭喜来哩，三十岁上。
团儿馍摆到桌子上，
好看，俊-样，味道香。

恭喜，扎克儿[①]，生日儿上，
妈妈给你盼刚强。
热头泛常叫洒光。
走的路上花儿铺上。

你到我上太贵重，
我的指望，我的命[②]。
叫你干啥都成功，
随你运气带高兴。

注释：

①扎克儿：东干族男孩名字。
②我的命：东干人对孩子的爱称、昵称。

Бә җян нан

(Ги вәди мыймый Ложер)

Люшыгә чунтян, фигуәли,
Да ниди мянчян зущён җян,
Лян хуар йиён, ни кәли,
Ни ба йүнчи зожуәли.

Гунщи, Ложер, сынжыршон,
Панвон җё ни зэ шышон.
Вә ба ниди гуйжун щён,
Зу щён зандо сывыншон.

Вә щён ги ни дуан гощин,
Ги ни панвон хуә бый суй.
Хуәдо шышон ни бә щян,
Җё ни хуә ло бә җян нан.

叵艰难

（给我的妹妹老姐儿）

六十个春天，飞过哩，
打你的面前就像箭，
连花儿一样，你开哩，
你把运气找着哩。

恭喜，老姐儿，生日儿上，
盼望叫你在世上。
我把你的贵重像，
就想錾到诗文上。

我想给你端高兴，
给你盼望活百岁。
活到世上你叵闲①，
叫你活老叵艰难②。

注释：

①叵闲：不要撒懒，不要蹉跎岁月。
②叵艰难：不要活的艰辛、困难。

Йүнчи

Ди ту зу лў, тэ ту кан,
Мә жүәчи доли фын гынчян.
Эрзы нян суәр, лонён кў,
Вә нежонди мә щён фу.

Фәсы, шышон йүнчи дуә,
Та дэдў, гуон пидуәли вә.
Жысы вәди чиннён жю –
Щехади йидуар сывын ги вә.

Жисы вә ба йүнчи зожуәни,
Зущён вугынцыр, чонни,
Зэ вә щинэ зўгуйди хуонхәни
Гощинди фуни, ющир хәни?

Чили хуон фын гуа шон тян,
Хәни дў вихўр жын бу жян.
Данпа, нэ зусы жыншыди дян,
До вәшон тасы линйирди зан.

运气

低头走路，抬头看，
没觉气到哩坟跟前。
儿子念苏儿，老娘哭，
我孽障的没享福。

说是，世上运气多，
它歹毒，光避躲[①]哩我。
这是我的亲娘舅 –
写下的一段儿诗文给我。

儿时我把运气找着呢，
就像五更鸥儿，唱呢，
在我喜爱祖国的黄河呢
高兴的凫呢，由性儿[②]喝呢？

起哩黄风刮上天，
河呢渡围护儿[③]人不见。
耽怕，那就是真实的店，
到我上它是临尾儿[④]的站。

注释：

①避躲：“躲避”的逆序词。
②由性儿：尽情地，自由自在地。
③围护儿：小船。
④临尾儿：临近结束，最后。

Бу хухуэй

Вава сыхр дансы лэ,
Зущён чунтян.
Данпа, вә йүә гощинни,
Шонлё лан тян.
Суйди сыхур, вә җиди,
Гуонйин тэ нан.
Да җондилэ, бый мәмә
Вә ду мә җян.
Чунтян ба вә мянгуәли,
Зущён хи фын.
Да вә мянчян фигуәли,
Зун ду мә шын.
Кәсы вә зун бу хухуэй,
Е бу пәфан.

Вә хан щён до нэхурни,
Щён шу җяннан.
Җыхур фангуә банбыйли,
Вә тэ пәфан.
Цунгыр тушон кә тянли,
Вә фубуван.
Ляншонди җәҗәр е манли
Хәбар йибан.
Сыхур зысы цуйдини,
Бу җё вә зан.
Кәсы вә зун нэ нини,
Щён шу җяннан.
Вә бу хухуэй, щён чонни,

不后悔

娃娃[1]时候儿但是来，
就像春天。
耽怕，我越高兴呢，
上了蓝天。
碎的[2]时候儿，我记的，
光阴[3]太难。
打仗的来，白馍馍
我都没见。
春天把我免过哩，
就像黑风。
打我面前飞过哩，
踪都没剩[4]。
可是我总不后悔，
也不颇烦。

我还想到那候儿呢，
想受艰难。
这候儿翻过半辈哩，
我太颇烦。
葱根儿[5]头上可添哩，
我数不完。
脸上的褶褶儿[6]也满哩
河蚌儿[7]一般。
时候儿只是催的呢，
不叫我站。
可是我总爱你呢，
想受艰难。
我不后悔，想唱呢，

Е бу пэфан.
Вә хан щён до нэхурни,
Зущён зочян.

也不颇烦。
我还想到那候儿呢，
就像早前。

注释：

①娃娃：小孩。
②碎的：小的。
③光阴：以时间、岁月指代生活。
④踪都没剩：任何印记都没有留下。
⑤葱根儿：以“葱根儿”指代白发。
⑥褶褶儿：皱纹。
⑦河蚌儿：贝壳。

Вәди зывон зун лэни

Вава сыхур фигуәли
Да вә мянчян.
дада тёдо җоншонли,
Мучин шу нан.
Суйди сыхур, вә җиди,
Гуонйин тэ нан.
Хуә етиму шынхали,
Гощин мә җян.

Чунтян ба вә мянгуәли,
Ханщин йибан.
Хи фын йиён, гуадёли,
Соди тэ җин.
Шы эр суйшон шукўли,
Вә тэ неҗон.
Дэдў җон щёмедёли
Ба вәди гощин.

Пәфан, юцу шынхали,
Нун щин гәлор.
Хили фиха пансуанли
Йүнчи, гощин.
Гуонсы гуйхуар луәдёли,
Хи йүн җә нян.
Банбый дуә нян хуәхали,
Вә тэ пәфан.

Сыхур зысы цуйдини

我的指望总来呢

娃娃时候儿飞过哩
打我面前。
达达挑到仗上哩，
母亲受难。
碎的时候儿，我记的，
光阴太难。
活耶体目[1]剩下哩，
高兴没见。

春天把我免过哩，
韩信一般。
黑风一样，刮掉哩，
扫的太净。
十二岁上受苦哩，
我太孽障。
歹毒仗消灭掉哩
把我的高兴。

颇烦，忧愁剩下哩，
嫩心圪劳儿[2]。
黑哩睡下盘算哩
运气，高兴。
光是桂花儿落掉哩，
黑云遮严。
半百多年活下哩，
我太颇烦。

时候儿只是催的呢

Бу жё вә зан.	不叫我站。
Кәсы вә хан дындини,	可是我还等的呢，
Хўда канжян.	呼达看见。
Да хи йүн литу чўлэни,	打黑云里头出来呢，
Тэён шанмян.	太阳闪面。
Вәди зывон зун лэни,	我的指望[3]总来呢，
Нэхур гощин.	那候儿高兴。

注释：

①耶体目：孤儿。

②圪劳儿：角落，此处指心灵深处。

③指望：憧憬，希望。

Мучинди щин

Җүә цэ димян, нян гуан тян,
Хуэ бо эрзы го шын хан:
– Шыже мучин бу ё җон –
Ёдисы тэпин дэ тэён!

Эрнү лян чунхуар йиён,
Тэён җошон фиди җон.
Мучинди бый нэ та чышон,
Җонди лян тегон йиён.

Мучинди щин фанчон тин,
Хуэ бо эрзы щинэди тын.
Панвон эрнү җончын жын,
Щёчун нёнлозы, зали гын.

母亲的心

脚踩地面，眼观天，
怀抱儿子高声喊：
– 世界母亲不要仗 –
要的是太平带太阳！

儿女连春花儿一样，
太阳照上飞的长。
母亲的白奶[①]他吃上，
长的连铁钢一样。

母亲的心泛常听，
怀抱儿子喜爱的疼。
盼望儿女长成人，
孝顺娘老子[②]，扎哩根。

注释：

①白奶：乳汁。

②娘老子："娘"，母亲；"老子"，父亲；"娘老子"，指代父母亲。

Вәди фынхуон

Го сандиршон зо нили,
Вәди фынхуон.
Пулур фушон ни чонли,
Быйлир йиён.
Хуа гон ги ни зы лӯли,
Ни фиди йүан.
Чинте йүншон ни жӯли,
Вә зобужян.
Тэён жошон щю нянни,
Шу гынбушон.
Замужя ба ни жюшонни
Зожүә фушон?
Вә ю щинни, ку нан жон
Вәди щивон.
Жыгә шышон сый шынни,
Вәди фынхуон?

我的凤凰

高山顶儿上找你哩，
我的凤凰。
蒲笼儿①树上你唱哩，
百灵儿一样。
花虹②给你指路哩，
你飞的远。
青铁云上你住哩，
我找不见。
太阳照上羞③眼呢，
手抿④不上。
咋么价把你揪上⑤呢
皂角树上？
我有心呢，口难张
我的希望。
这个世上谁胜呢，
我的凤凰？

注释：

①蒲笼儿：梧桐。
②花虹："虹"读音"gàng"，"花虹"即彩虹。
③羞：阳光晃眼。
④抿：手尽量往高处伸展抓东西。
⑤揪上：采摘上。

Шуфу жүги хубый

(ги Айша сынён)

Тёён хубый либулё ни,
Айша сынён.
Сынжыр доли гунщи ни!
Панвон гончён.
Йүнчи фанчон жё суй ни,
Тэён жошон.
Ни ба шуфу жүгили,
Хубый тёён.

Жё ниди вонщён йиче чын,
Сынжыр няншон.
Ни ба гункў мә вон фи,
Гуйжун сынён.
Вугә шынян фигуәли,
Щян хуар йибан,
Вә на жәщин ги ни пан,
Йүнчи ву бян.

寿数[①]举[②]给后辈

（给阿依莎师娘）

调养后辈离不了你，
阿依莎师娘。
生日儿到哩恭喜呢！
盼望刚强。
运气泛常叫随你，
太阳照上。
你把寿数举给哩，
后辈太阳。

叫你的望想一切[③]成，
生日儿年上。
你把工苦[④]没枉费，
贵重师娘。
五个十年飞过哩，
鲜花儿一般，
我拿热心给你盼，
运气无边。

注释：

①寿数：岁数，年龄。
②举：敬辞，奉送。
③望想一切："一切望想"的倒装。
④工苦：工夫和辛苦。

Вә чонни

Ни ба вә тёёнли, щинә мучин,
Вә щён чонни, жё ни тин вәди йин.
Фанчон ни зэ вәди щиннини, хи-мин,
Кәсы вәди бонзы мә нин, шын бу лин.

Ни бә хэчили, чиннәди Зўгуй,
Ги ни панвон фажон, панвон фугуй.
Шынчи бу лин еба, чин ни фонщин,
Кәсы вә кә нянчин, е ю жин.

Ни щинфу, вәди бонзы е нинни,
Жызы доли, вәди шынчи линни.
Сыхур доли, щинә мучин,
Нәхур вә ги ни дуан лищин.

我唱呢

你把我调养哩，喜爱母亲，
我想唱呢，叫你听我的音。
泛常你在我的心呢呢[①]，黑-明，
可是我的膀子[②]没硬，声不灵。

你叵害气[③]哩，亲爱的祖国，
给你盼望发展，盼望富贵。
声气不灵也罢[④]，请你放心，
可是我可年轻，也有劲。

你幸福，我的膀子也硬呢，
日子到哩，我的声气灵呢。
时候儿到哩，喜爱母亲，
那候儿我给你端礼行[⑤]。

注释：

①心呢呢：前一个“呢”附在“心”后边表处所，意思是心里，心中。后一个“呢”是助词，用在陈述句的末尾，表示确认事实，使对方信服。
②膀子：翅膀。
③害气：生气，着气。
④也罢：表假设关系的复句标志，意思是“即便……也……”。
⑤礼行：礼物，礼品。

Гуйжуи сынён

Гуйжуи сынён жилюма,
Гончён хома?
Жинтян ба ни кә жянли,
Вә тэ гощин.
Ниди линдор шынчи
Вәшон тэ чин.
Ба ни фанчон жидини,
Гуйжун сынён.

Зэ ни гынчян вә щүәли,
Нянфа, щефа.
Ту йи хонхор вә щели
Вәди ама.
Линху вә зу щетуәли
Щинэ Зўгуй.
Ги ни чынчин дощени,
Гуйжун сынён.

Фәсы шышон мама чин,
Та тэ гуйжун.
Ди эргә чин жын зусы ни,
Вәди сынён.
Мәю ни дыйбулё жышы,
Бу жы шысы.
Ни жё вәму зын нянли,
Гуйжун сынён.

贵重师娘

贵重师娘吉溜[①]吗，
刚强好吗？
今天把你可见哩，
我太高兴。
你的铃铛儿声气
我上太亲。
把你泛常记的呢，
贵重师娘。

在你跟前我学哩，
念法，写法。
头一行行儿我写哩
我的阿妈。
领后我就写脱哩[②]
喜爱祖国。
给你称情道谢呢，
贵重师娘。

说是世上妈妈亲，
她太贵重。
第二个亲人就是你，
我的师娘。
没有你得不了知识，
不知世事。
你教我们睁眼[③]哩，
贵重师娘。

注释：

①吉溜：顺利，平安。
②写脱哩：脱，表示开始；写脱哩，即开始写了。
③睁眼：睁开眼睛看清事物，借指因获得知识而心明眼亮。

Да щёнжуон	**大乡庄**
Вәди щёнжуон тэ нянкуан,	我的乡庄太眼宽，
Вон Бишкек-Ташкент –	往比什凯克-塔什干 –
Зуди хонзы ладидуан	走的巷子拉的端
Жын хонзыни лёнхани	整巷子呢亮下呢
Дифон гэди чян-шон вон	地方盖的千-上万
Канчи хощёнгә бый модан.	看去好像个白牡丹。
Сангә щүәтон щённи зан	三个学堂乡呢站
Щүәсын йиче ба фу нян.	学生一切把书念。
Ту йигә щүәтон лисы дуә.	头一个学堂历史多。
Нянчўлэди да жын тэ дуә.	念出来的大人太多。
Тасы щёнжуонни-дин лоди	它是乡庄呢-顶[①]老的
Йиче жыншон гуйжунди	一切人上贵重的
Ясыр Шывазыди боншынщён,	亚瑟儿·十娃子的半身像，
Зэ ту йигә щүәтон зандини.	在头一个学堂站的呢。
Ги щүәсын жон данзыдини	给学生仗胆子的呢
Жё на жын щин нянфуни.	叫拿真心念书呢。
Нянчын жё чын хо жынни,	念成叫成好人呢，
Ги минжын ган сыни.	给民人干事呢。
Щёнжуон зусы нимуди,	乡庄就是你们的，
Нимусы тади жонгуйди.	你们是它的掌柜的。
Йүндун комплекс щюди куә	运动康布来克斯[②]修的阔
Заёнди йүндун жечи гуәди дуә.	杂样的运动节气过的多。
Йүндун сышон кын дыйшын	运动事上肯得胜
Вамусы щёнжуонниди да шоншы.	娃们是乡庄呢的大伤时。
Вынмин дян тэ щяннян	文明电太显眼
Гуйхуар кэди видо цуан.	桂花儿开的味道窜。
Жүнжынди щён занди дуан.	军人的像站的端。
Канжян щинни тэ пәфан.	看见心呢太颇烦。

Вә до гынчян кын заннян
Вә дади щинмин щеди щян
Дансы нянли щинни суан.
Жысы сынза жон люхади
Вонбудёди да пәфан.
Щённиди тущин тэ вынмин,
Ги минжын цоди да щин.
Жын хонзыди лёнхани
Зусы мэ чыхәди да гэдо.
Жыгә базар тэ хунхуә
Шыёнжир йиён заёнди хуә
Суй-дади пузы щён хуа тан
Мэ сади жын тэ щихуан.
Бу зуәнан заёсы ю чян.
Жёмынди сышон е чищин
Дасы гэди тэ куанжан.
Ган эрмэлиди суәмуә-будуан.
Жы зусы мәминди да дян.
Жәр ба нүбан е мә вон.
Нүжынди шәфон гэди го.
Вустади жышы е тэ го.
Нян жинди нүжын чищин.
Элифу-Зэбар нянди жын.
Нэмазы щүәха тэ гощин.
Дакэ китабу ба зы нян.
Салават нянди тэ хо тин.
Бухуэй нянди люшын тин.
Жыгә аеетиди йисы шын.
Хощён йүәсыр кэли щин
Ложын нянчи тэ винан.

我到跟前肯赞念
我达的姓名写的显
但是念哩心呢酸。
这是森砸仗留下的
忘不掉的大颇烦。
乡呢的头行[3]太文明，
给民人操的大心。
整巷子的亮下呢
就是卖吃喝的大街道。
这个巴扎儿[4]太红火
十样景儿一样杂样的货
碎-大的铺子像花滩
买啥的人太喜欢。
不做难咱要是有钱。
教门的事上也齐心
大寺盖的太宽展。
干尔买里[5]的梭摸-不断[6]。
这就是穆民[7]的大殿。
这儿把女伴也没忘。
女人的舍房盖的高。
乌斯塔[8]的知识也太高。
念经的女人齐心。
埃里夫-宰巴儿[9]念的真。
乃玛子[10]学下太高兴。
打开克塔布[11]把字念。
撒拉万[12]念的太好听。
不会念的留神听。
这个阿亚体[13]的意思深。
好像钥匙儿开哩心
老人念去太为难。

Гыншон вуста е бу нан.	跟上乌斯塔也不难。
Щүәха йидяр ни жычян.	学下一点儿你值钱。
Панчан нашон бузуәнан.	盘缠[14]拿上不作难。
Щинэ зымый, чин, ниму тин	喜爱姊妹，请，你们听
Ган са еба, жё нете чын.	干啥也罢，叫也贴[15]成。
Дажун мянчян бә щян нын.	大众面前叵显能。
Каншу щюшыфа, щин на жын.	看手羞势发，心拿正。
Жысы нүжынди ёжин гын.	这是女人的要紧根。
Дансы мә ще дуйдили	但是没写对的哩
Чин ниму фоншә.	请你们放舍[16]。

注释：

①顶：最。
②康布来克斯：俄语，中心。
③头行：头儿，此处指乡庄干部。
④巴扎儿：俄语借词，市场。
⑤尔买里：波斯语，好事情。
⑥梭摸-不断：连续不断。
⑦穆民：穆斯林教众。
⑧乌斯塔：哈萨克语，老师。
⑨埃里夫-宰巴儿：阿拉伯语，伊斯兰经最简单的字母。
⑩乃玛子：波斯语借词，礼拜。
⑪克塔布：阿拉伯语借词，书本。
⑫撒拉万：阿拉伯语借词，礼拜结束语，请真主祝福的意思。
⑬阿亚体：阿拉伯语借词，古兰经中的诗歌。
⑭盘缠：路费。古钱是中间有孔的金属硬币，常用绳索将一千个钱币成串再吊起来，出门时把铜钱盘起来缠绕腰间作为旅途费用，故叫做盘缠。
⑮也贴：阿拉伯语借词，是心愿、意念、意图的意思。
⑯放舍：此处是谅解的意思。

Хўтэ да

户太大

Фрунзе чынни жўхади,
Хуэйзўжын, ю щинжин.
Нян тэ куан, канди йүан.
Хырхыз гынчян зў дили.

伏龙芝城呢住下的，
回族人，有心劲。
眼太宽，看的远。
吉尔吉斯跟前做的哩。

Ди ю жуон, фи тэ гуон,
Жунли жуонжя, гуа дозы.
Шыда-дищүн хә йищин
Лали щёнжуон, зали гын.

地又壮，水太广，
种哩庄稼，刮稻子。
十大-弟兄合一心
拉哩[1]乡庄，扎哩根。

Хуэйзў, хырхыз ду чищин
Шули кўли на жын щин.
Заёнди жуонжя чынзуәли
Нянхади бый ми е дуәли.

回族，吉尔吉斯都齐心
受哩苦哩拿真心。
杂样的庄稼成作哩[2]
碾下的白米也多哩。

Гуйжун дажынму мә нанцуә,
Дажун манмян фубонли.
Ви жё щёнжуон чў мин,
Дажя нангиди жын мин.

贵重大人们没安错，
大众满面[3]扶帮[4]哩。
为叫乡庄出名，
大家安给的真名。

Милёнчуан минзы хо тин.
Ба та ванжан гэбучын.
Та до хуэйминшон тэ чин
Жўди минжын тэ цунмин.

米粮川名字好听。
把它万然[5]改不成。
它到回民上太亲
住的民人太聪明。

Хуэйзўжынди бынсы да
Найи хонни ду ю та
Хавазы дищүн е чищин

回族人的本事大
哪一行呢都有他
哈娃子弟兄也齐心

Йиче хуэшон ду лю шын.

一切活上都留神。

Зэ щёнжуонни е зали гын.
Ю жышыди жын-Магэзы.
Шыже сыюр жыди шын,
Та лян дажун вончян щин.

在乡庄呢也扎哩根。
有知识的人-马个子。
世界事由儿[6]知的深，
他连大众往前行。

Дигэзысы хо жуонжяхан,
Ба дитў жыди тэ шын.
Жун жуонжя, гуа дозы
Тасы либулёди жын.

底个子是好庄稼汉，
把地土知的太深。
种庄稼，刮稻子
他是离不了的人。

Вужин Хавазыжяди хў тэ да
Бонгэзы Милёнчуан чынбуха
Тамуди худэ щинжин да
Лёндо хонзыди минзы нанди та.

如今哈娃子家的户太大
傍个子米粮川盛不下
他们的后代心劲大
两道巷子的名字安的他。

Ганкэ сыли таму ду йищин,
Йиче хонни ду нынчын.
Дэфу, жүнжын ду юни,
Сыжя, щежя зуэ сыли.

干开事哩他们都一心，
一切行呢都能成。
大夫，军人都有呢，
诗家[7]，写家[8]作诗哩。

Дищүн вугэрни шон жон
Жуанхуэйжяди сангэрни.
Якуб, Азиз ю эрлинни.
Зуэпин, сывын щеди жын.

弟兄五个儿呢上仗
转回家的三个儿呢。
亚库布，阿迪子[9]有二灵呢。
作品，诗文写的真。

Хавазы Якуб на жын щин
Ба М.Вонахун щеди жын.
Тасы щёнжуонниди юмин жын.

哈娃子·亚库布拿真心
把M.王阿訇写的真。
他是乡庄呢的有名人。

Җё Милёнчуан чўли мин. 叫米粮川出哩名。

Хавазы Азизсы сывынжын 哈娃子·阿迪子是诗文人
Та бохў Зўгуйли, зыщин. 他保护祖国哩，自信。
Ви дыйшын жынжанли 为得胜征战哩
Зэ Берлин хонзыни да җонли. 在别儿林[10]巷子呢打仗哩。

Нянчинчирди җинҗянли, 年轻轻儿的经见哩，
Нун щин гәлорни дэ шонли. 红心圪劳儿呢带伤哩。
Тади сывын җуәҗунсы 他的诗文着重是
Сынза җон дэ нежон җүнжын. 森砸仗带孽障军人。

注释：

①拉哩：聊天。
②成作哩：丰收了。
③满面：全面。
④扶帮：帮助，扶助。
⑤万然：表肯定，绝对。
⑥事由儿：世事，事情。
⑦诗家：诗人。东干人不说诗人、读者，而说诗家、念家等。
⑧写家：作家，具体指小说创作者。
⑨亚库布，阿迪子：均为东干人名。
⑩别儿林：柏林。

Сынза җон

Зэ Берлин хонзыни да җонли,
Ба мый йигә дифон җанли.
Шәдёди чушы пу манли,
Ще лян хә йиён тонли.
Мә минди дищүн тондини,
Ба та, мә шын мэ, е мә сун.
Җанхо зусы тади фын,
Задан дешон, мэди шын.

森砸[1]仗

在别儿林巷子呢打仗哩，
把每一个地方战哩。
折掉的臭尸[2]铺满哩，
血连河一样淌哩。
没命的弟兄躺的呢，
把他，没深埋，也没送。
战壕就是他的坟，
炸弹跌上，埋的深。

注释：

①森砸：阴森，恐怖。
②臭尸：发臭的尸体。

Дыйшын

Дыйшын Чи рейхстагшон бэлон,
Берлин хонзыни Совет җүнжын лон.
Вуйүә чў 9 фонхуа по-чён
Гощиндини Зўгуй дэ ло нён.

Зэ Трепт-парк зандини җищён,
Җүнжын-җефонжя вава бошон.
Совет солдатди хо щинчон,
До дуйтушон зущён тегон.

Ви бохў Зўгуй дэ ло нён,
Вәму ба тэпин чүзы чон.
Вәмуди кухо “Бу ё җон”
Лян йиче минжын зў лэвон.

Дыйшын чи рейхстагшон бэлон,
Берлин хонзыни Совет җүнжын лон
Вуйүә чў 9 фонхуа-по-чён
Гощиндини Зўгуй дэ ло нён.

Хавазы Нурсы кан сынлинди,
Ло дэфу, та шонли суйфули.
Кәсы ги щёнжуонниди жын
Фанчон на хо щин ги бонцудини.

Милёнчуан щёнжуонниди
Җуәжун ён тугўди жынму.
Ба та җыдоди ходихын.
Та ги бин тугў пый йүәдини.

得胜

得胜旗阿里赫斯达克[1]上摆浪，
别儿林巷子呢萨别特[2]军人浪。
五月初九[3]放花炮-枪
高兴的呢祖国带老娘。

在特勒普特-帕勒克[4]站的呢记像，
军人-街坊家娃娃抱上。
萨别特战士的好心肠，
到对头上就像铁钢。

为保护祖国带老娘，
我们把太平曲子唱。
我们的口号“不要仗”
连一切民人做来往。

得胜旗阿里赫斯达克上摆浪，
别儿林巷子呢萨别特军人浪
五月初九放花-炮-枪
高兴的呢祖国带老娘。

哈娃子·奴儿是看牲灵[5]的，
老大夫，他上哩岁数哩。
可是给乡庄呢的人
泛常拿好心给帮助的呢。

米粮川乡庄呢的
着重养头股[6]的人们。
把他知道的好的很[7]。
他给病头股配药的呢。

Та гуон бусы ги сынлин
Пый йүәдини, ги бынвон
Та лэди, чўли чуон-куәди
Жынму та е пый йүәдини.

他光不是给牲灵
配药的呢，给奔望[8]
他来的，出哩疮-颗[9]的
人们他也配药的呢。

Пыйхади йүә лихэдихын,
Ба чуонкуә җитер зу те холи.
Йинви нэгә, хэ бинди жынму
На да зывон зо талэдини.

配下的药厉害的很，
把疮颗儿贴儿就贴好哩。
因为那个，害病的人们
拿大指望找他来的呢。

Хавазы Мухамэдсы җинҗиҗя.
Тасы хо зэчян жын.
Фрунзе минщя колхозди
Хо җинҗиҗя(экономист).

哈娃子·穆哈默德是经济家。
他是好在前人。
伏龙芝名下考勒号子[10]的
好经济家（埃克诺米斯特[11]）。

Җыгә жын тэ ю нянсый,
Щинҗин да, бу салан.
Колхозди натар хуә җин,
Та зу доли нэтарли.

这个人太有眼色，
心劲大，不撒懒。
考勒号子的哪塔儿活紧，
他就到哩那塔儿哩。

Ли диди сыхур, та кэди,
Туәлаҗи(трактор) ли дидини.
Да лёншыди сыхур, шонли
Шугәҗи(комбайн) шу җуонҗядини.

犁地的时候儿，他开的，
拖拉机（特拉可多勒[12]）犁地的呢。
打粮食的时候儿，上哩
收割机（康拜因[13]）收庄稼的呢。

Са җичи дансы хуэйдё, занхали,
Мухамэд яндин шыдуәшонни.
Тади җин шу, йин гәбый
Са хуәшон ду нынчын.

啥机器但是毁掉[14]，站下哩，
穆哈默德言定拾掇上呢。
他的金手，银胳臂
啥活上都能成。

Та ги колхозҗя цоди да щин,

他给考勒号子家操的大心，

Вәё, бә жё лонфи сыхур,
Та ба чян надо тандони,
Ги жын ги гунчяндини.

若要，叵叫浪费时候儿，
他把钱拿到滩道[15]呢，
给人给工钱的呢。

Хавазы Анварсы хо дэфу.
Жысы ю щинжинди жын,
Жин-ян да, жышы шын
Гынчў тэтэр тазы шонли.

哈娃子·安娃儿是好大夫。
这是有心劲的人，
经-验大，知识深
跟住台台儿他只上哩。

Зэ Москва 2006 няншон
Ба диссертация кошон
Та ба медицина куэщүэди
Бэшы (доктор) минтон дыйшон.

在莫斯科二零零六年上
把底谢勒嘎茨亚[16]考上
他把蔑底茨纳[17]科学的
博士(道可多勒[18])名堂得上。

Жуанхуэйжя ги зыжиди жын,
На хо щинчон, кан бинли.
Тади щинфа хо, шу чин
Ло-шо ба та дон жын.

转回家给自己的人，
拿好心肠，看病哩。
他的心法好，手轻
老-少把他当人。

Та мә жязы, тэ цунмин.
Канкэ бинли на жын щин.
Тасы бинжынди да зывон
Дындини ба та фанчон.

他没架子，太聪明。
看开病哩拿真心。
他是病人的大指望，
等的呢把他泛常。

Чечў зыжиди хо жин-ян,
Та цощин бинжындини.
Бә жё хэ бин, ю гончён
Жысы дэфуди да вонщён.

趄住[19]自己的好经-验，
他操心病人的呢。
叵叫害病，又刚强
这是大夫的大望想。

Хавазы Рахимсы жүнжын.
Зэ гуйжяди йүандё жёжени.

哈娃子·拉黑木是军人。
在国家的远迢[20]交界[21]呢。

Гунзуәли, каншули минжынди
Щётин гуонйин дэ пиннанли.

工作哩，看守哩民人的
消停光阴带平安哩。

Тасы ю миншынди полковник
(Шонщё) тади данзы да, ю сачи.
Җё бинйүнму ба та дон жын.
Ба җыгә данщүан хуә та донсы.

他是有名声的颇勒科夫尼可[22]
（上校）他的胆子大，有杀气。
叫兵勇[23]们把他当人。
把这个担悬活[24]他当事。

Та на хо щинчон тёёнди,
Җётёли чиннян бинйүнмули.
Җё таму хи-мин на да данзы,
Бохўли гуйжяди җёҗели.

他拿好心肠调养的，
教调[25]哩青年兵勇们哩。
教他们黑-明拿大胆子，
保护哩国家的交界哩。

Линху та доли КГБни,
Гунзуәли. Җыгә ю гуйжүди.
Вынмин годи җүнжын,
Са хуәшон ду җёли хо ёнзыли.

领后他到哩克格勃[26]呢，
工作哩。这个有规矩的。
文明高的军人，
啥活上都教哩好样子哩。

Хавазы Фатимасы йүвын
Куәщүәди (фубәшы) кандидат.
Куәщүәйүанниди щё зуәгунжын
Вынмин хуәшон тэ чищин.

哈娃子·法蒂玛是语文
科学的（副博士）堪底达特[27]。
科学院呢的校作工人
文明活上太齐心。

Янжю вынхуа ю щинҗин
Чиннён йүян җыди шын.
Йитуәр ни бә зан.
Вончян ни зә шыкан.

研究文化有心劲
亲娘语言[28]知的深。
一坨儿[29]你叵站。
往前你再试看[30]。

Ни хан нянчин ю щинҗин
Гынчў гангар ни шон.
Хуэймин шоншы дындини
Җё ни йидин чын бәшы.

你还年轻有心劲
跟住竿竿儿你上。
回民伤时等的呢
叫你一定成博士。

注释：

①阿里赫斯达克：俄语借词，德国国会（1933年前的）。
②萨别特：俄语借词，苏联。
③五月初九：苏联战胜德国法西斯的纪念日。
④特勒普特-帕勒克：俄语，公园。
⑤看牲灵：给牲畜治病。
⑥头股：大牲畜，马、牛、骡、驴等。
⑦好的很：即好得很。东干语中表结构助词的“的”“地”“得”统一写成“的”。
⑧奔望：特意赶来请求帮忙。
⑨疮颗：疮。
⑩考勒号子：俄语借词，集体农庄。
⑪埃克诺米斯特：俄语，经济师。
⑫特拉可多勒：俄语，拖拉机。
⑬康拜因：俄语，联合收割机。
⑭毁掉：坏了。
⑮滩道：田野，野外，平坦的荒草地。
⑯底谢勒嘎茨亚：俄语，论文。
⑰蔑底茨纳：俄语，医科。
⑱道可多勒：俄语，博士。
⑲趄住：凭借。
⑳远迢：偏远。
㉑交界：国界。
㉒颇勒科夫尼可：俄语，上校。
㉓兵勇：士兵。
㉔担悬活：危险活。
㉕教调：教导，训练。
㉖克格勃：俄语，苏联国家安全委员会的缩写。
㉗堪底达特：俄语，候选人。
㉘亲娘语言：即东干语，其特点是用斯拉夫字母书写，用中国西北方言读音，还包括约百分之十的俄语、阿拉伯语、波斯语、哈萨克语和吉尔吉斯语等外来语借词。
㉙一坨儿：一处儿，原地。
㉚试看：尝试，努力。

Зохуа чигуэ

造化[1]奇怪

Сунфу, сунфу дун-щя чин,
Тэён җошон.
Ба ни кандо лаҗин мын,
Дон ди вивон.
Заёнди фалар ду гуашон,
Щинщю са гуон.
Вава, дажын гощинди,
Лян тё дэ чон.

Сунфу җонди тэ җүн-ён,
Сандиршон зан.
Щин нян доли чинзэ фон,
Шонки йибан.
Дун Лое зуэди палир җүн,
Цонлонлорди щён.
Щюлю Щүэгўнён халэли –
Лищин нади җўн.

松树，松树冬-夏青，
太阳照上。
把你砍倒拉进门，
当地为王。
杂样的耍啦儿[2]都挂上，
星宿[3]洒光。
娃娃，大人高兴的，
连跳带唱。

松树长的太俊-样，
山顶儿上站。
新年到哩请在房，
上客一般。
冬老爷[4]坐的爬犁儿[5]俊，
呛啷啷儿[6]的响。
秀缕[7]雪姑娘下来哩 –
礼行拿的重。

注释：

①造化：大自然，自然界。
②耍啦儿：挂在圣诞树上的一些小饰品、小玩具。
③星宿：星星。
④冬老爷：圣诞老人。
⑤爬犁儿：冬天雪地上的代步工具。
⑥呛啷啷儿：象声词，像铃铛发出的清脆响声。
⑦秀缕：读音“xiū liu”，清秀、美丽的意思。

Шыдун-лайүә

十冬-腊月

Сунфулинни дунщя чин,
Шыдун-лайүә бу лю чин.
Бый щүә щяди е тэ чин,
Тэён җошон йицылор мин.

松树林呢冬夏青，
十冬-腊月不留情。
白雪下的也太勤，
太阳照上一刺啷儿[①]明。

Сунфу җонди динпә тян,
Готу җеди сунтор фан.
Тўвар, фудяр поди хуан,
Быйщүә готу йинсыр ман.

松树长的顶破天，
高头结的松塔儿[②]繁。
兔娃儿，树底儿跑的欢，
白雪高头印丝儿[③]满。

Сунфу люди тэ хокан,
Быйщүә щяди шан димян.
Хўзы ба бый тўвар нян,
Фудяр шон фу, ба шын нан.

松树绿的太好看，
白雪下的苫[④]地面。
狐子[⑤]把白兔娃儿[⑥]撵，
树底儿上树，把身安。

Сунфулинни лонди шын,
Чин лон гынчў йинсыр вын.
Та ба тўвар нянбушон,
Дўзы вәди чин лон чон.

松树林呢狼的声，
青狼跟住印丝儿闻。
它把兔娃儿撵不上，
肚子饿的青狼怅。

注释：

①一刺啷儿：用于连在一起或连成一簇的东西，这类词还有“一扑拉儿”、“一串串儿”、“一嘟噜儿”等。
②松塔儿：松果，松子。
③印丝儿：印迹。
④苫：遮盖。
⑤狐子：狐狸。
⑥兔娃儿：兔子。

Сунфу

Сунфу, Сунфу динпә тян,
Җонди хощён йигыр щян.
Ба ни кандо ла җин мын,
Ниди щён ви жын нэ вын.

Сунфу, Сунфу ни тэ җүн!
Тэён зэ ниди сосоршон дун.
Ги ни та ба җин гуон гуан,
Җин гуон җошон дуә хокан!

Сунфу, Сунфу дунщя чин.
Ни до вамушон тэ гуйҗун.
Ба ни җиргә чё дабан,
Ниди шыншон хуар кэман.

Сунфу люди вын йибан,
Чиннян йиче ду шуцуан.
Щёнчин фади тэ шутин,
Чонли чүзы, нян сывын.

Бый щүә щяди шан димян,
Дун Лое зуәди палир хуан.
Щюлю Щүәгўнён җинли мын,
Та ги ваму дуан лищин.

松树

松树，松树顶破天，
长的好像一根儿线。
把你砍倒拉进门，
你的香味人爱闻。

松树，松树你太俊！
太阳在你的梢梢儿上蹲。
给你它把金光灌，
金光照上多好看！

松树，松树冬夏青。
你到娃们①上太贵重。
把你今儿个巧打扮，
你的身上花儿开满。

松树绿的绒一般，
青年一切都收全。
乡亲耍②的太受听③，
唱哩曲子念诗文。

白雪下的苫地面，
冬老爷坐的爬犁儿欢。
秀缕雪姑娘进哩门，
她给娃们端礼行。

注释：

①娃们：小孩子。

②耍：玩。

③受听：高兴，快乐。

Жейин Щин нян

Лювын сунфу дун-щя чин,
Ба та кандо лажин мын.
Зандо донди та тэ жүн,
Сунфу диршон щинщю хун.

Щин нян доли ду кэ мын,
Шыэр дян жун ду жейин.
Жысы минжынди да жечи,
Панвон гончён дэ йүнчи.

Линйирди лайүə бу сун жин,
Дун жүə, ха шу ду гощин.
Жейин Щин нян, Сунло нян –
Жысы замуди хо куйчын.

Гунщи ба ни Щин няншон,
Панвон жё йиман хуə вон.
На хо чынгун зэ жейин,
димяр тэпин, жын щётин.

接迎①新年

绿绒松树冬-夏青，
把它砍倒拉进门。
站到当地它太俊，
松树顶儿上星宿红②。

新年到哩都开门，
十二点钟都接迎。
这是民人的大节气，
盼望刚强带运气。

临尾儿的腊月不松劲，
冻脚，哈手都高兴。
接迎新年，送老年 –
这是咱们的好揆程③。

恭喜把你新年上，
盼望叫一满④活旺。
拿好成功再接迎，
地面儿太平，人消停。

注释：

①接迎："迎接"的逆序词。
②星宿红：装饰后的圣诞树上具有的光电效果。
③揆程：传统，规程，习惯。
④一满：所有的，全部的。

Чютян

Фуҗү чютян нян тэ куан,
Лёншы дуйди саи йибан.
Кўхан канҗян щин щихуан,
Шузэ цонфон цэ щехуан.

Готян йиче җеди фан,
Путо җуазы дёди щүан.
Танни мыйзы щён нанбан –
Җысы чютянди да ныйндян.

Фуҗү чютян шы хокан.
Җинуон фуер шан димян.
Защён хўтёр кунҗун щүан,
Зэ фичүаншон пёди җуан.

Хуаму җонзэ го саншон
Фусор ван зэ сан пяншон.
Җонли, данпа, җи чян нян
Вуҗин нуэзэ да чүан-ян.

Кўхан доли чүан-яншон,
Сынбир чинфи ги гэ кон.
Ло-шо шу кў бу салан.
Фили гункўди хо чютян.

秋天

富足秋天眼太宽，
粮食堆的山一般。
苦汉①看见心喜欢，
收在仓房才歇缓。

高甜②一切结的繁，
葡萄抓子③掉的悬。
滩呢麦子像案板 –
这是秋天的大恩典。

富足秋天实好看。
金黄树叶儿苫地面。
咋像蝴蝶儿空中旋，
在水泉上漂的转。

桦木长在高山上
树梢儿弯在山片上。
长哩，耽怕，几千年
如今挪在大泉-沿④。

苦汉到哩泉-沿上，
渗冰儿清水给解渴⑤。
老-少受苦不撒懒。
费哩工苦的好秋天。

注释：

①苦汉：辛勤劳动的庄稼人。
②高甜：水果。
③抓子：串儿。
④泉-沿：水泉周围。
⑤解渴：读音“gài kāng”，意思与“解渴”相同。

Дин-дон...

Сунфу люди динпэ тян,
Дин-дон, дин-дон.
Ба та чиндо щүэтонни,
Дон ди вивон.
Щүэсын ба та чё дабан,
Хокан җүн-ён,
Заёнди фалар ду гуашон –
Цонли - цонлон.
Сунфу диршон ца щинщю,
Салё җин гуон.
Йиче бё кэ шы эр дян:
Дин-дон, дин-дон.
Дун Лоеди лищин җун –
Тўвар, щүнвар.
Дуанги ваму тэ гощин,
Лищин гуйҗун.
Ваму линфан нян сывын
На линдор шынчи.
Ю чон чүзы, ю винон,
Дин-дон, дин-дон.

叮-当……

松树绿的顶破天，
叮-当，叮-当。
把它请到学堂呢，
当地为王。
学生把它巧打扮，
好看俊-样，
杂样的耍啦儿都挂上－
呛哩-呛啷[1]。
松树顶上插星宿，
洒了金光。
一切表可十二点：
叮-当，叮-当。
冬老爷的礼行重－
兔娃儿，熊娃儿[2]。
端给娃们太高兴，
礼行贵重。
娃们灵泛念诗文
拿铃铛儿声气。
又唱曲子，又维囊[3]，
叮-当，叮-当。

注释：

①呛哩-呛啷：象声词，像铃铛发出的清脆响声，这类词还有“呛啷啷儿”等。
②兔娃儿，熊娃儿：类似于布娃娃一类的玩具，有的像兔子，有的像熊。
③维囊：维吾尔语，跳舞。

Җейин чунтян

Йитян до хи гуадини
Сын фын бу тын.
Тэён җошон бу жəли,
Жəту мə җин.
Җинхуон фуер луəтуəли,
Жынди мянчян.
Зэ фичүшон пёдини,
Тонди тэ йүан.

Фуер зысы луəдини,
Лади кў йин.
Бый щүə манмар щядини,
Мəю щёншын.
Йиче хуəвар чёнхали,
Дуəлё лын дун.
Гуонсы жын гощиндини
Йиман щётин.

Сыхур зысы фидини,
Сый нын канҗян.
Нянпир йишан кə доли,
Җүнмый чунтян.
Быйлирди чё шын чондини,
Го тяншон щүан.
Гуəхуар, хынхуар кэфанли,
Йүнцэ йибан.

Кўханди цэйүан тэ хокан,

接迎春天

一天到黑刮的呢
生风[1]不停。
太阳照上不热哩,
热头没劲。
金黄树叶儿落脱哩,
人的面前。
在水渠上漂的呢,
淌的太远。

树叶儿只是落的呢,
拉的苦音。
白雪慢慢儿下的呢,
没有响声。
一切活物儿[2]藏下哩,
躲了冷冬。
光是人高兴的呢
一满[3]消停。

时候儿只是飞的呢,
谁能看见。
眼皮儿一睒[4]可到哩,
俊美春天。
百灵儿的巧声唱的呢,
高天上旋。
果花儿，杏[5]花儿开繁哩,
云彩一般。

苦汉的菜园太好看,

Гынзы дуэ дуан.
Цэфу люди вын йибан,
Кўхан щихуан.
Танниди захуар е кэли,
Видо тэ цуан.
Жынди щинни ду лёнли,
Җейин чунтян.

埂子多端。
菜蔬⑥绿的绒一般，
苦汉喜欢。
滩呢的杂花儿也开哩，
味道太窜。
人的心呢都亮哩，
接迎春天。

注释：

①生风：冷风。
②活物儿：动物。
③一满：全部，所有的(人)。
④睒：一眨眼。
⑤杏：读音“hēng”，即杏子。
⑥菜蔬：“蔬菜”的逆序词。

Хома, Хў нян	**好吗，虎年**
Быйхўр лое долэли,	白胡儿老爷[①]到来哩，
Куэ ду жейин.	快都接迎。
Быйди лищин тэ гуйжун,	背的礼行太贵重，
Ман жяжяр сун.	满家家儿[②]送。
Ду ба ло нян сундини,	都把老年送的呢，
Гункў тэ жун.	工苦太重。
Гощин жейин Щин нянли	高兴接迎新年哩
Лищин на жин.	礼行拿进。
Фоншу ба мын кэ дали,	双手把门开大哩，
Жон жин Щин нян.	让进新年。
На да шоншы вындонли:	拿大伤时问当[③]哩：
Хома, Хў нян!	好吗，虎年！
Шышон нимусы ю жинди	世上你们是有劲的
Ню эр, Хў сан.	牛二，虎三。
Нисы лохў пынжин мын,	你是老虎碰[④]进门，
Сунзэ Ню нян.	送在牛年。
Тэён манмар жин йүнли,	太阳慢慢儿进云哩，
Щүэхуар мянчян.	雪花儿面前。
Дун-щя люди фулинни,	冬-夏绿的树林呢，
Щүэ шан димян.	雪苫地面。
Да хэ дунчын жинжирли	大河冻成镜镜儿[⑤]哩
Йицылор мин.	一刺啷儿明，
Цэшон хуацыр дадини,	踩上滑跐儿[⑥]打的呢[⑦]，
Ваму гощин.	娃们高兴。
Жир ба ло нян сундини,	今儿把老年送的呢，

Жейин Щин нян.	接迎新年。
Цунгыр туфа кə тянли,	葱根儿头发可添哩,
Щинни пəфан.	心呢颇烦。
Дуəще ниди ныньдянли,	多谢你的恩典[⑧]哩,
Кə хуəли йи нян.	可活哩一年。
Ги ни чынчин дощени,	给你称情道谢呢,
Гуйжун лонян.	贵重老年。

注释：

①白胡儿老爷：圣诞老人。
②满家家儿：各家各户。
③问当：问候。
④碰：扑，横冲直撞，表示动作猛。
⑤镜镜儿：像镜子一样，此处以镜镜儿指代冰。
⑥滑趾儿：溜冰的工具。
⑦打的呢：“打”，滑；“打的呢”，正在滑。
⑧恩典：施予恩惠。

Вəди быйёнфу

Вəди быйёнфу, быйёнфу,
Ниди сосор со лан тян.
Нун еер лю вын йибан,
Җонди хощён йигыр щян.

Вəди быйёнфу, быйёнфу,
Ее зэли мə щехуан.
Тади мин кў, зы йибан.
Жун кў шуди тэ кəлян.

Вəди быйёнфу, быйёнфу,
Ни тэ хокан е жүн-ён.
Бонгəрни чин фи хи-мин тон,
Та лян линдор йиен щён.

Вəди быйёнфу, быйёнфу,
Вəди нёнлозы тэ нежон.
Щинəли ба ни щён чиннён
Гуонсы таму мə ще шон.

Вəди быйёнфу, быйёнфу,
Йүəлён җошон ни җуан сый,
Дан гуа да фын, ни зу чон,
Лю еер тёди зу бэлон.

Вəди быйёнфу, быйёнфу,
Зэ ни диха ще йинлён.
Сунзы бошон вə нэ чон,
Зўзў-быйбый вə җищён.

我的白杨树

我的白杨树，白杨树，
你的梢梢儿扫蓝天。
嫩叶叶儿绿绒一般，
长的好像一根儿线。

我的白杨树，白杨树，
爷爷栽哩没歇缓。
他的命苦，纸一般，
重苦受的太可怜。

我的白杨树，白杨树，
你太好看也俊-样。
傍个儿呢清水黑-明①淌，
它连铃铛儿一样响。

我的白杨树，白杨树，
我的娘老子太孽障②。
喜爱哩把你像亲娘
光是他们没歇晌③。

我的白杨树，白杨树，
月亮照上你转色，
但④刮大风，你就唱，
绿叶叶儿跳的就摆浪。

我的白杨树，白杨树，
在你底下歇荫凉。
孙子抱上我爱唱，
祖祖-辈辈我记想⑤。

注释：

①黑-明：一昼夜，此处指从白天到晚上。

②孽障：可怜。

③歇晌："歇"，休息；"晌"，一天内的一段时间，一会儿；"歇晌"，即休息片刻。

④但：表假设，如果。

⑤记想：纪念，想念。

Хома, чунтян!

Хома, чунтян, ни зусы шынщян,
Ни җё зохуа куэ гэбян.
Хощён фанчинли ду фанҗуан,
Җяхуар, ехуар кэди фан.

Чунтян доли шы хокан,
Лю цо танни хуар кэ фан.
Го сан диршон тэён дун,
Хуэвар йиче чўли дун.

Хома, чунтян, тэён җоди футан,
Нагә жын бу щинэ чунтян.
Гэҗя-щёхў зыҗин кэди фан,
Хынхуар, тохуар йүнцэ йибан.

Хуанли йидунди хўҗя бушыщян,
Тё чү, зэ фу жысы хо йинган.
Цэтянзы дади йигыр щян,
Чүзы чонди щин тэ куан.

Кўхан чў тан щяпанни,
Ги фугуй чютян за гынни.
Чютянди лёншы дансы дуй,
Кўхан ба гун мә вон фи.

Хома, чунтян, ни зусы шынщян,
Ни җё зохуа куэ гэбян.
Хощён фанчинли ду фанҗуан,
Җяхуар, ехуар кэди фан.

好吗，春天！

好吗，春天，你就是神仙，
你叫造化[1]快改变。
好像泛青[2]哩都翻转，
家花儿，野花儿开的繁。

春天到哩实好看，
绿草滩呢花儿开繁。
高山顶儿上太阳动，
活物儿一切出哩洞。

好吗，春天，太阳照的舒坦，
哪个人不喜爱春天。
各家-小户紫荆开的繁，
杏花儿，桃花儿云彩一般。

缓哩一冬的户家[3]不识闲，
挑渠，栽树这是好营干[4]。
菜田子打的一根儿线，
曲子唱的心太宽。

苦汉出滩下坪[5]呢，
给富贵秋天扎根呢。
秋天的粮食但是堆[6]，
苦汉把工没枉费[7]。

好吗，春天，你就是神仙，
你叫造化快改变。
好像泛青哩都翻转，
家花儿，野花儿开的繁。

注释：

①造化：大自然。
②泛青：春回大地，万物复苏，草木变绿。
③户家：农村人，农民。也说“乡户家”。
④营干：营生，工作，事情。
⑤下坢：坢地，锄地，也可理解为不顾一切地干活。
⑥但是堆：“但是”，如果；“堆”，成堆；“但是堆”，如果堆积成山。
⑦枉费：“枉”，白白地；“枉费”即白费。

Шынлан хэзы

Ло-шо канҗян гощинни,
Хэзы хокан.
Хали хэзы жын футан,
Жә кон йибан.
Лёнгә жәту сэдини,
Шонха йиён.
Зу да жыгәшон жәдини
Җин дудур җан.

Хырхыз кулюр фәдисы –
Хэзы чигуэ.
Лопәр хачи нянчинни,
Чўлэ-гўнён.
Лохан щили, ю җинни,
Палван йиён.
Шынлан хэзыди җин тэ да,
Вава щили җонди да.

Йидур бый ян фидини
Зэ лан тяншон.
Шынлан хэзы җоди щян,
Бый ян җүн-ён.
Дансы чи фын фи зу бэлон,
Хэзы фанлон.
Дансы щяйү чи порни,
Зу чў хуа гон.

Бинжын хачи зу хони,

深蓝海子[①]

老-少看见高兴呢，
海子好看。
下哩海子人舒坦，
热炕一般。
两个热头晒的呢，
上下一样。
就打这个上热的呢
金豆豆儿粘。

吉尔吉斯口溜儿说的是 –
海子奇怪。
老婆儿[②]下去年轻呢，
出来-姑娘。
老汉洗哩，有劲呢，
帕拉万[③]一样。
深蓝海子的劲太大，
娃娃洗哩长的大。

一冬儿白烟飞的呢
在蓝天上。
深蓝海子照的显，
白烟俊-样。
但是起风水就摆浪，
海子翻浪。
但是下雨起泡儿呢，
就出花虹。

病人下去就好呢[④]，

Йүəлё йиён.	月亮一样。
Йинви нэгə ду щён чи,	因为那个都想去，
Хуэйфу гончён.	恢复刚强。
Шынлан хэзыни тэён дун	深蓝海子呢太阳动
Йүəлён дян дын.	月亮点灯。
Ду бу нафу хэзыди жүн-ён,	都不纳服[5]海子的俊-样[6]，
Ду щён танвон.	都想探望。

注释：

①海子：蒙古语借词，湖泊。
②老婆儿：老太婆。
③帕拉万：大力士。
④好呢：使身体能恢复健康。
⑤纳服：信服。
⑥俊-样：美丽，神奇的功能。

Вәди тофу

Чүан-ян гынчян ни жонли,
Вәди тофу.
Йидо чунтян фанчинли,
Тэён жошон.
Фыннуннурди хуар кәли,
Йикуэр чунтян.
Жижүн гүнён щинэли,
Зу шён жюшон.

Бедо тади туфашон,
Фанчон хокан.
Тофу диха та кын зан,
Нун щин шон тян.
Пансуан йүнчи дэ гощин,
Щинэ чунтян.
Чютян доли линдор ман
Шызэ хокан.

Йиче жыжыр ванхали,
Тозы жеман.
Жүнмый гүнён куэ жюшон,
Видо тэ цуан.
Дан нё йику, фи тонни,
Ю цуй, ю тян.
Жүнмый чютян кә доли,
Жинхуон чютян.

Нежон еер луәтуәли,

我的桃树

泉-沿跟前你长哩，
我的桃树。
一到春天返青哩，
太阳照上。
粉嫩嫩儿的花儿开哩，
一块儿春天。
急俊姑娘喜爱哩，
就想揪上。

别[1]到她的头发上，
泛常好看。
桃树底下她肯[2]站，
嫩心上天。
盘算运气带高兴，
喜爱春天。
秋天到哩铃铛儿[3]满
实在好看。

一切枝枝儿弯下哩，
桃子结满。
俊美姑娘快揪上，
味道太窜。
但咬一口，水淌呢，
又脆，又甜。
俊美秋天可到哩，
金黄秋天。

孽障叶叶儿落脱哩，

Чуалаларди щён.	欻拉拉儿[4]的响。
Зэ фимяншон пёдини,	在水面上漂的呢，
Җин йүр йиён.	金鱼儿一样。
Тондо нагә хәнили,	淌到哪个河呢哩，
Бу җян йинщён.	不见影像。
Дунтян тофу тэ кәлян,	冬天桃树太可怜，
Фусор дэщё.	树梢儿戴孝[5]。
Чин чүан дунчын җинҗирли,	清泉冻成镜镜儿哩，
Йицылор мин.	一刺唧儿[6]明。
Цэшон хуацыр подини,	踩上滑跐儿跑的呢，
Вава гощин.	娃娃高兴。
Тофу җунҗян җуандини,	桃树中间转的呢，
Шызэ шутин.	实在受听[7]。

注释：

①别：插上。

②肯：经常。

③铃铛儿：像铃铛儿，此处指水果像铃铛儿一样挂满树枝。

④欻拉拉儿：象声词。

⑤戴孝：树梢被雪覆盖，像戴孝一样。

⑥一刺唧儿：用于成片的或连在一起的东西，这类词还有“一扑拉儿”等。

⑦受听：使人享受。

Гощин йүмян

高兴遇面

Җижүн нүбан шуцуанли
Лян хуар йиён кэфанли.
Тэён фанчон җё җоди,
Ляншонди щёляр җё зэди.

急俊[①]女伴收全[②]哩
连花儿一样开繁哩。
太阳泛常叫照的，
脸上的笑脸儿叫在的。

Вугынцыр тяншон чондини,
Нүбан коншон зуәдини.
Филинлирди тозы чыдини,
Цуанпынпырди видо вындини.

五更鸥儿天上唱的呢，
女伴炕上坐的呢。
水灵灵儿的桃子吃的呢，
窜喷喷儿[③]的味道闻的呢。

Чин фын гуади тэ футан,
За хуар кэди видо цуан.
Нүбан тинҗян тэ гощин,
Ю чон чүзы, нян сывын.

清风刮的太舒坦，
杂花儿[④]开的味道窜。
女伴听见太高兴，
又唱曲子，念诗文。

Шышон хо жын җё дуәди,
Фанчон тэён җё җоди.
Зущён җир йиён җё лэди
Йигә бә шын ду чинди.

世上好人叫多的，
泛常太阳叫好的。
就像今儿一样叫来的
一个叵剩都请的。

Дансы чин ки, ё сани?
Җунжынди щёляр, щянхуэйни?
Нэляди щинжин тэ дали –
Нүбан ги ни до щени.

但是请客，要啥呢？
众人的笑脸儿，贤惠呢？
那俩的心劲太大哩 –
女伴给你道谢呢。

Йилўр җё ниму бә йү нан,
Панвон бый суй дэ пиннан.

一路儿叫你们叵遇难，
盼望百岁带平安。

Жё ниди фугуй зэ щүни,	叫你的富贵再续呢，
Чынчин ги ниму до щени.	称情给你们道谢呢。

注释：

①急俊：活泼可爱、容貌美丽。

②收全："全"读音"cuán"；"收全"的意思是聚集在一起。

③窜喷喷儿：香味扑鼻。

④杂花儿：种类繁多的花。

## Чунже	## 春节[1]
Чунже доли гун да щи!	春节到哩恭大喜!
Җысы нүжынди да җечи.	这是女人的大节气。
Җижүн нүбан тэ хокан,	急俊女伴太好看,
Тэён җошон щён модан.	太阳照上像牡丹。
Җиргә вә щён гунщи ни!	今儿个我想恭喜呢!
Вәди җүнмый щё гӯнён.	我的俊美小姑娘。
Ни ба щян хуар куэ җюшон,	你把鲜花儿快揪上,
Бедо ниди туфашон.	别到你的头发上。
Фанчон җоди җё тэён,	泛常照的叫太阳,
Нисы либулёди шышон.	你是离不了的世上。
Нисы мучин, нисы нён,	你是母亲, 你是娘,
Хуар мәю ни кэбувон.	花儿没有你开不旺。
Санйүә чў басы хуар җечи,	三月初八是花儿节气,
Вә чин чинжын бә вонли.	我请亲人叵忘哩。
Ги щинэди ба хуар сун,	给喜爱的把花儿送,
Хуарсы йүнчи дэ гощин.	花儿是运气带高兴。

注释:

①春节: 此处指春天的节气, 具体指的是"三·八"国际妇女节。

Щёнчин

Щёнчин, щёнчин фадини,
Шызэ хотин.
Щүэсынму гощинди тёдини,
Җуанзэ да тин.
Заза могэр да зажүэр,
Ятур гощин.
Туфын-тусы до щүэтон,
Җёйүан җейин.

Щёнчинди чё йин фидини,
Җёйүан гощин.
Ба шы нянди щинкў тёён,
Фидо вишон.
Бый чу санзы чуандини,
Щинщю фон гуон.
Зэ щитэшон чондини,
Гўнён вивон.

Щинэ йиндё фадини,
Щёнхо, жэно –
Футэ щёхуэр тёҗянли
Җижүн гўнён.
Нянли фуди җын шы нян,
Йүанфа җы тун.
Щёхуэр, гўнён фэхоли,
Фанчон йитун.

Щёнчин бу тынди фадини,

响琴[1]

响琴，响琴耍的呢，
实在好听。
学生们高兴的跳的呢，
转在大厅。
鬏鬏毛盖儿大鬏角儿，
丫头儿高兴。
头逢-头事[2]到学堂，
教员接迎。

响琴的巧音飞的呢，
教员高兴。
把十年的辛苦调养，
费到位上。
白绸衫子穿的呢，
星宿放光。
在戏台上唱的呢，
姑娘为王。

喜爱音调耍的呢，
相好，热闹 –
富态[3]小伙儿挑拣哩
急俊姑娘。
念哩书的整十年，
缘法直通。
小伙儿，姑娘说好哩，
泛常一同。

响琴不停的耍的呢，

Щинни футан.
Щүэтон дабанди тэ хокан,
Щинщю гуа ман.
Лёнгэ щинэди хощён хӳтер,
Хуайүанни жуан.
Йиче гощинди тёдини,
Нади хун хуар.

心呢舒坦。
学堂打扮的太好看，
星宿挂满。
两个喜爱的好像蝴蝶儿，
花园呢转。
一切高兴的跳的呢，
拿的红花儿。

Щёнчин ножынди фадини,
Либе щүэтон.
Ба җёйүанди хо щинчон
Щүэсынму бу вон.
Зэ куандади җёнтонни
Нянли шы нян.
Вуҗин замуҗя шэдыйни,
Нянлуй бу ган.

响琴闹人的耍的呢，
离别学堂。
把教员的好心肠
学生们不忘。
在宽大的讲堂[4]呢
念哩十年。
如今咋么价舍得呢，
眼泪不干。

Линйирди щёнчин фадини,
Щинэ йиндё.
Лёнгэ щинэди тёдини,
Шызэ җүн-ён.
Тэён җодо фусоршон
Чиннян гощин.
Гощин чүзы чондини,
Щёнчин суйшон.

临尾儿的响琴耍的呢，
喜爱音调。
两个喜爱的跳的呢，
实在俊-样。
太阳照到树梢儿上
青年高兴。
高兴曲子唱的呢，
响琴随上。

注释：

①响琴：手风琴。

②头逢-头事：第一次遇到的事。

③富态：身体微胖、发福。

④讲堂：教室。

娃 Вава сыхур
娃时候儿

Вава сыхур

Тэён җошон ни куә җон
Вава сыхур.
Мама бошон дуә футан
Гощинди щё.
Гўнёр нашон фонщинди фа
Хўтер йиён.
Чунфу: Ни щян бә зу, е бә мон,
Вава сыхур.

Лю цо таншон гощинди по
Вава сыхур.
Ю да бишы, ти җянзы,
Лян фын йиён.
Хуанлуә щёшур җё занди,
Йүнчи суйшон.
Чунфу: Ни щян бә зу, е бә мон,
Вава сыхур.

Йүнчи, гощин җё суй ни
Вава сыхур.
Лан тян фанчон җё җинди,
Тэён җошон.
Мама фанчон жё годи,
Ба вә тынчон.
Чунфу: Ни щян бә зу, е бә мон,
Вава сыхур.

娃娃时候儿

太阳照上你快长
娃娃时候儿。
妈妈抱上多舒坦
高兴的笑。
姑娘儿①拿上放心的耍
蝴蝶一样。
重复：你先叵走，也叵忙，
娃娃时候儿。

绿草滩上高兴的跑
娃娃时候儿。
又打髀石②，踢毽子，
连风一样。
欢乐小手儿叫站的，
运气随上。
重复：你先叵走，也叵忙，
娃娃时候儿。

运气，高兴叫随你
娃娃时候儿。
蓝天泛常叫净的，
太阳照上。
妈妈泛常叫告的，
把我疼怅。
重复：你先叵走，也叵忙，
娃娃时候儿。

注释：

①姑娘儿：用布等柔软材料做的玩具，即布娃娃。
②打髀石：小孩玩的一种游戏，相当于民间的抓羊拐。

Фанчон щёди
(Ги вәди сунзы)

Тэён ба гуон садини,
Вәди Ислам җондини.
Хун хуар ман йүан кэдини,
Вәди хэчин щёдини.

Шушур чынди щён җюни,
Вончян зазади зудини.
До хуар гынчян занхали,
Мо нянҗир ду щёдини.

Хўтер луэдо хуаршонли,
Вәди Ислам чёчили.
Шушур зашон дэчили,
Хўтер фидё, щёли.

Тэён җошон футанли,
Ба мо нянҗир бихали.
Вончян куэ зу, вәди мин,
Панвон жё ни чын хо жын.

泛常笑的
（给我的孙子）

太阳把光洒的呢，
我的伊斯兰木长的呢。
红花儿满园开的呢，
我的害亲①笑的呢。

手手儿抻②的想揪呢，
往前扎扎的走的呢。
到花儿跟前站下哩，
毛眼睛儿都笑的呢。

蝴蝶儿落到花儿上哩，
我的伊斯兰木瞧去哩。
手手儿觞上③逮④去哩，
蝴蝶飞掉，笑哩。

太阳照上舒坦哩，
把毛眼睛儿闭下哩。
往前快走，我的命⑤，
盼望叫你成好人。

注释：

①害亲：东干人对活泼可爱的小孩的昵称。
②抻：够，手往高处尽量向上伸展（拿东西）。
③觞上：手往上举起。
④逮：抓，捉。
⑤我的命：东干人对小孩的爱称、昵称。

Гощин

高兴

Лан тян фанчон жӗ чинди,
Тэён бә жӗ жин йүнли.
Шышон мама жӗ щёди,
Хуэй бо вава жӗ чонди.

Мамасы шышон либулёди,
Вавашон тасы гуйжунди.
Мәю мама-тян йинни,
Вава нежонди зо нанни.

Жӗ мамади щин футанди,
На бый нэ ба вава нэди.
Жӗ тэён ги та са гуонди,
Жӗ вава фанчон гощинди.

蓝天泛常叫晴的，
太阳叵叫进云哩。
世上妈妈叫笑的，
怀抱娃娃叫唱的。

妈妈是世上离不了的，
娃娃上她是贵重的。
没有妈妈-天阴呢，
娃娃孽障的遭难呢。

叫妈妈的心舒坦[①]的，
拿白奶[②]把娃娃奶[③]的。
叫太阳给她洒光的，
叫娃娃泛常高兴的。

注释：

①舒坦：心情舒畅，舒服。
②白奶：母乳。
③奶：名词用作动词，喂奶。

Ама	**阿妈**
Вәди ама дин ходи,	我的阿妈顶[①]好的，
Та до вәшон либулёди.	她到我上离不了的。
Жәту щёшон чўлэли,	热头[②]笑上出来哩，
Вәди ама хуэйлэли.	我的阿妈回来哩。
– Ама, ама, ту тынни,	– 阿妈，阿妈，头疼呢，
Вә щён жё ни бошонни.	我想叫你抱上呢。
Ниди мян шусы йүәлё,	你的绵手是药料，
Нэдо тугуршон бу тынлё.	挨到头头儿[③]上不疼了。
Ама нади хуар лэли,	阿妈拿的花儿来哩，
Вә гощинди йинчили.	我高兴的迎去哩。
Ама ба вә бошонли,	阿妈把我抱上哩，
Вәди тутур бу тынли.	我的头头儿不疼哩。

注释：

①顶：最。

②热头："日头"的音变，即太阳。

③头头儿：头。

Вәди бонгәр щин

我的傍个儿[①]心

Вәди Мухамед тэ щинтын,
Нисы вәди бонгәр щин.
Шышон нисы гуйжун жын,
Ниди щин ван, е цунмин.

我的穆哈默德太心疼[②]，
你是我的傍个儿心。
世上你是贵重人，
你的心软[③]，也聪明。

Мәю ни, вә бу гощин,
Нисы вәди бонгәр щин.
Зэ хуайүанни ни куэ жон
Хи йүн челэ, вә нын дон.

没有你，我不高兴，
你是我的傍个儿心。
在花园呢你快长
黑云起来，我能挡。

Вәди сунзы, вәди мин,
Нисы вәди бонгәр щин.
Ба ни вә жуа на хо щин,
Зывон жё ни чын хо жын.

我的孙子，我的命，
你是我的傍个儿心。
把你我抓[④]拿好心，
指望教你成好人。

Нисы вәди бонгәр щин,
Юсы вәди щивон жын.
Тяндади йүнчи ги ни пан,
Жонда жё ниди щин шан.

你是我的傍个儿心，
又是我的希望人。
天大的运气给你盼，
长大叫你的心善。

注释：

①傍个儿：半个。
②心疼：可爱，惹人喜欢。
③心软：心地善良。
④抓：抚养。

Чиннён йүян

Зэ щүәтонни нянфули,
А, Б, В, Г вә щүәли.
Ама, ада хуэй щели
Тэпин, тэён вә хуали.

Чунфу: Нянфуди сышон танщинни,
Дин ходи жягуан нашонни.

Йиче йүян вәшон чин
Вурус йүянсы тунхуа.
Хырхыз йүян е ёжин,
Чиннён йүян тэ гуйжун.

Чунфу: Нянфуди сышон танщинни,
Дин ходи жягуан нашонни.

Хуэйзў жунщин тэ хокан
Заёнди ваму щүә йүян.
Сынён, сыфу тэ цунмин
Жёди хуэйзўди лисы шын.

Чунфу: Нянфуди сышон танщинни,
Дин ходи жягуан нашонни.

亲娘语言

在学堂呢念书哩，
А，Б，В，Г①我学哩。
阿妈，阿达②会写哩
太平，太阳我画哩。

重复：念书的事上贪心呢，
顶好的价关③拿上呢。

一切语言我上亲
乌鲁斯④语言是通话⑤。
吉尔吉斯语言也要紧，
亲娘语言太贵重。

重复：念书的事上贪心呢，
顶好的价关拿上呢。

回族中心太好看
杂样的娃们⑥学语言。
师娘，师傅⑦太聪明
教的回族的历史深。

重复：念书的事上贪心呢，
顶好的价关拿上呢。

注释：

①А，Б，В，Г：东干文的前四个字母。东干文共有38个字母，其中斯拉夫字母33个，另外创制了5个字母。
②阿妈，阿达：妈妈，爸爸。
③价关：评价，成绩。东干学校成绩评定为五分制。
④乌鲁斯：俄罗斯。
⑤通话：各民族的通用语。
⑥杂样的娃们：不同种族和肤色的孩子。
⑦师娘，师傅：东干人把女老师叫师娘，把男老师叫师傅或者教员。

Ёчуон гәр

Вәди ва гуэ, фи жё̨ни,
Фижуә мынжян хо мани.
Мажү̨р чишон шон санни,
Саншон вәди ва фон ённи.
Ёнгор мя-мя жё̨хуанни,
Вәди мингәр фи жё̨ни,
Йижё̨ фидо да лённи.

Вәди ва гуэ, фи жё̨ни,
Фижуә куэкуэди ни жонни.
Жонда ни чын хо жынни.
Щин шан, кэхуә, чинжинни.
Ги жын фанчон ган хони.
Вәди мингәр фи жё̨ни,
Йижё̨ фидо да лённи.

摇床歌儿

我的娃乖[①]，睡觉呢，
睡着梦见好马呢。
马驹儿骑上上山呢，
山上我的娃放羊呢。
羊羔儿咩-咩叫唤呢，
我的命根儿[②]睡觉呢，
一觉睡到大亮呢。

我的娃乖，睡觉呢，
睡着快快的你长呢。
长大你成好人呢。
心善，开豁[③]，勤谨[④]呢。
给人泛常干好呢。
我的命根儿睡觉呢，
一觉睡到大亮呢。

注释：

①乖：听话，懂事。
②命根儿：东干人对小孩的昵称。
③开豁：开朗豁达。
④勤谨：勤奋上进，谦虚谨慎。

Фанчон жё тэён жоди

Тэён чүан, жуви тян.
Вава хуади жын хокан.
Бый зышон хуади щян,
Диха щеди би мин тян.

Фанчон жё тэён жоди,
Фанчон жё лан тян жинди,
Фанчон жё мама годи,
Фанчон жё вә ходи.

Чёди, бин, чин ни тин!
Жын ду хэпади задан шын.
Чын чян нян, вон лан тян,
Йиче панди тэпин нян.

Фанчон жё тэён жоди,
Фанчон жё лан тян жинди,
Фанчон жё мама годи,
Фанчон жё вә ходи.

Вәму бу нэ жон, бу нэ жон.
Бу жё чиннян шон жон.
Жё йүнчи да, жё тэён жо,
Ни кан, фәди ю дуә хо.

Фанчон жё тэён жоди,
Фанчон жё лан тян жинди,
Фанчон жё мама годи,
Фанчон жё вә ходи.

泛常叫太阳照的

太阳圈，周围天。
娃娃画的真好看。
白纸上画的显，
底下写的比明天。

泛常叫太阳照的，
泛常叫蓝天净的，
泛常叫妈妈告的，
泛常叫我好的。

悄的[①]，兵，请你听！
人都害怕的炸弹声。
抻前眼[②]，望蓝天，
一切盼的太平年。

泛常叫太阳照的，
泛常叫蓝天净的，
泛常叫妈妈告的，
泛常叫我好的。

我们不爱仗，不爱仗。
不叫青年上仗。
叫运气大，叫太阳照，
你看，说的有多好。

泛常叫太阳照的，
泛常叫蓝天净的，
泛常叫妈妈告的，
泛常叫我好的。

注释：

①悄的：悄悄，不能出声。②抻前眼：睁大眼睛朝前看。

## Суйсур	## 岁岁儿[①]
Го сан диршон вә кын зан Тэён чӯ сан, вә зу пан. Быйлир зэ тяншон чонли, Ги вә гили җиншынли.	高山顶上我肯站 太阳出山，我就盼。 百灵儿在天上唱哩， 给我给哩精神哩。
Тянхәниди фитэ бали, Быййүн фанли гәдали. Зэ йүнцэ литу вә золи, Лотян щин шан, шәсанли.	天河呢的水太汝[②]哩， 白云翻哩疙瘩哩。 在云彩里头我找哩， 老天行善，舍散[③]哩。
Лян кэфанди хуар йиён, Вәди мин, ни куэ җон. Җиргә фангуә йи суйли, Ги ни панвон йүнчили.	连开繁的花儿一样， 我的命，你快长。 今儿个翻过一岁哩， 给你盼望运气哩。
Бу хуэй фә, йи суй җён ман, Гуон хуэй щё, шушур зашон. Чинчин-лӯҗян ду лэли – Гунщилэли суйсуршон.	不会说，一岁将[④]满， 光会笑，手手儿鲒上。 亲亲-陆间[⑤]都来哩 – 恭喜来哩岁岁儿上。
Ду панвонли йүнчи дэ гончён, Җё тэёнди гуон садо нишон. Нисы мамади да зывон, Шышон җё ни йүә хуә вон.	都盼望哩运气带刚强， 叫太阳的光洒到你上。 你是妈妈的大指望， 世上叫你越活旺[⑥]。

注释：

①岁岁儿：生日。

②汝：水冰凉。

③舍散：施舍。

④将：刚。

⑤亲亲-陆间：泛指亲人和亲戚。

⑥越活旺：活得更精神、更好，即越活越旺。

Мама

Мама ба ни сын-ёнли,
Щүнтонни бый нэ ни чыли.
Тынчонди җё ни җонли,
Ту йи җү "ама" ни фəли.

Лян хуар йиён, ни кэли,
Жəту тянли җиншынли.
Җё ни җонда чын жынни
Ги мама доще, бонмонни.

Санйүə җечи кə доли,
Йибозы фəе эрзы дуанли,
Мама гощинди җешонли
Ляншонди җəҗəр ду җанли.

Җё хи йүн бə җə тэён,
Җё эрнү бə ли мучин.
Җё чүан шыҗе тэпин
Җё вава фанчон гощин.

妈妈

妈妈把你生-养哩，
胸膛呢白奶你吃哩。
疼怅[1]的叫你长哩，
头一句"阿妈"你说哩。

连花儿一样，你开哩，
热头添哩精神[2]哩。
叫你长大成人呢
给妈妈道谢，帮忙呢。

三月节气[3]可到哩，
一抱子佛爷[4]儿子端哩，
妈妈高兴的接上哩
脸上的褶褶儿都展哩。

叫黑云叵遮太阳，
叫儿女叵离母亲。
叫全世界太平
叫娃娃泛常高兴。

注释：

①疼怅：疼爱。
②热头添哩精神：比喻太阳光线强、热量大。
③三月节气：指"三·八"国际妇女节。
④佛爷："芍药"的音变，即芍药花。

Щинэ сынён

喜爱[1]师娘

Саншы фон нянжир вондини
Дуйчў сынён.
Суй щинщир сылёнди,
Та есы чиннён.
Нянжир бу шан диндини
Ба пёлён сынён.
Фэсы шышон мама чин,
Та тэ гуйжун.
Ди эргэ чин жын зусы ни,
Щинэ сынён.

Ни жё вэму зыннянли,
Цунмин сынён.
Нисы шышон либулёди,
Гундо сынён.
Ги ни чынчин дощени,
Гуйжун сынён.
Ба ни вэму йүн бу вон,
Щинэ сынён.
Вэму жон да чын жынни,
Ги ни фанчон дощени.

三十双眼睛儿望的呢
对住师娘。
碎心心儿[2]思量的，
她也是亲娘。
眼睛儿不瞅盯的呢
把漂亮师娘。
说是世上妈妈亲，
她太贵重。
第二个亲人就是你，
喜爱师娘。

你教我们睁眼哩，
聪明师娘。
你是世上离不了的，
公道师娘。
给你称情道谢呢，
贵重师娘。
把你娃们永不忘，
喜爱师娘。
我们长大成人呢，
给你泛常道谢呢。

注释：

①喜爱：敬爱的，可爱的，亲爱的。
②碎心心儿：童心。

太 Тэён чў сан
阳出山

Тэён чў сан

Җир ба ни кә җянли –
Щин тё, жу җан.
Вә чүанли, нэголи,
На да шинэ.

“Вәди щянхуар, канҗян ни,
Тэён чў сан –
Зу щён дэ ни зуан лан тян,
Тянхәшон җуан.”

На да жыннэ тин нили –
Нун щин шон тян.
Канҗян ни, вәди фынхуон,
Щинэ фәбуван.

Шыҗе зущёнсы лёнли,
Хуар кэди фан.
Дэ ни зуан йүн, шон лан тян
Вә ду-чинйүан.

太阳出山

今儿把你可见哩 –
心跳，肉颤。
我劝哩，哀告[1]哩，
拿大喜爱。

“我的鲜花儿，看见你，
太阳出山 –
就想带你钻蓝天，
天河上转。”

拿大仁爱听你哩 –
嫩心[2]上天。
看见你，我的凤凰，
喜爱[3]说不完。

世界就像是亮哩，
花儿开的繁。
带你钻云，上蓝天
我都-情愿。

注释：

①哀告：祈求，请求，哀求。
②嫩心：年轻的心。
③喜爱：喜欢。

Щинэ-донжын

Щинэди жүнмый зымый,
Хуайүанни ни ющир жон.
Ба тэёнди жингуон хэшон.
Хощён щянхуар ни кэ вон.
Мэю ни, вэдизымый –
Мэю гощин, мэю хубый.

Шышон нүжын тэ гуйжун
Юсы мучин, ни юсы нён,
Нисы шышонди да зывон
Йүнчи фанчон жё суй ни
Чунже доли гунщи Ни!
Ба ни жё щинэ-донжын.

喜爱[①]-当人[②]

喜爱的俊美姊妹，
花园呢你由性儿长。
把太阳的金光喝上。
好像鲜花儿你开旺。
没有你，我的姊妹 –
没有高兴，没有后辈。

世上女人太贵重
又是母亲，你又是娘，
你是世上的大指望
运气泛常叫随呢
春节到哩恭喜你！
把你叫喜爱-当人。

注释：

①喜爱：爱戴，热爱。
②当人：使人受到尊重。

Хуар жечи

Санйүə чў 8-хуар жечи,
Вə ги нүбан гун да щи.
Вəди нүбан хуар йибан,
Щинни гощин, ю пансуан.

Ни жир йүəщин пёлёнли,
Ба йичеди жянчё сышонли.
Гуйжун туарму шон жуəзы,
Панвон чин жын до фонзы.

Чин жын щёшон до гынчян,
Ю чон чүзы, ба хуар дуан.
Хощён быйлир, тяншон щүан
Ниди жə щин шонли тян.

Жы зусы щинэ дэ гощин,
Лёнкурди щёнхо, донжын.
Жё нимуди щинэ йүнжюди,
Жящя фанчон пиннанди.

花儿节气[1]

三月初八-花儿节气，
我给女伴恭大喜。
我的女伴花儿一般，
心呢高兴，又盘算。

你今儿越性[2]漂亮哩，
把一切的尖巧[3]使上哩。
贵重团儿馍上桌子，
盼望亲人到房子。

亲人笑上到跟前，
又唱曲子，把花儿端。
好像百灵儿，天上旋
你的热心上哩天。

这就是喜爱带高兴，
两口儿[4]的相好，当人。
叫你们的喜爱[5]永久的，
家下泛常平安的。

注释：

①花儿节气：此处指“三·八”国际妇女节。
②越性：越来越，更加。
③尖巧：机智，此处指女性梳妆打扮的手段和方法。
④两口儿：夫妻俩。
⑤喜爱：相爱。

Йүмян

Гуәли жы зу жи нянли,
Дә ни вә кә йүмянли.
Ни хощён тәён чўлэли,
Вәди щинни кә лёнли.

Чунфу: Йүмян, йүмян, зу щён йүмян,
Тэ щён ба ни жян йимян.

Хощён щян хуар кэ фанли,
Ни йүә хокан, жүн-ёнли.
Щинни ба ни зун мә вон,
Фанчон панвон щинэли.

Чунфу: Йүмян, йүмян, зу щён йүмян,
Тэ щён ба ни жян йимян.

Вәди щян хуар, да зывон,
Шышон зысы лэ йибян.
Вәди щинэ би хэ шын,
Виса заму мә йүмян.

Чунфу: Йүмян, йүмян, зу щён йүмян,
Тэ щён ба ни жян йимян.

遇面[1]

过哩这就几年哩，
带你我可遇面哩。
你好像太阳出来哩，
我的心呢可亮哩。

重复：遇面，遇面，就想遇面，
太想把你见一面。

好像鲜花儿开繁哩，
你越好看，俊-样哩。
心呢把你总没忘，
泛常盼望喜爱哩。

重复：遇面，遇面，就想遇面，
太想把你见一面。

我的鲜花儿，大指望，
世上只是来一遍。
我的喜爱比海深，
为啥咱们没遇面。

重复：遇面，遇面，就想遇面，
太想把你见一面。

注释：

①遇面：盼望见面。

Гўнён-вивон	**姑娘-为王**
Лю тан, лю тан тэ салуә,	绿田，绿田太洒落，
Зущён лю вын.	就像绿绒。
Быйлир тяншон щүандини,	百灵儿天上旋的呢，
Чё чүр тэ лин.	巧曲儿太灵。
Хун хуар, лан хуар кэ фанли,	红花儿，蓝花儿开繁哩，
Видо тэ цуан.	味道太窜。
Гўнён хуайүанни лондини	姑娘花园呢浪的呢
Сэфу модан.	赛熟牡丹①。
Тэён манмар чў санжян,	太阳慢慢儿出山间，
Гўнён канжян.	姑娘看见。
Чин туфашон бе шандан,	青头发上别闪丹②，
Йүәлён дабан.	月亮打扮。
Йүәлён дини щёхуәр кан,	月亮地呢③小伙儿看，
Щинэ гўнён.	喜爱姑娘。
Щён ба йүнцэ бан йиба,	想把云彩搬一把，
Дуанги гўнён.	端给姑娘。
Йүнцэ, йүнцэ, ни тэ ван,	云彩，云彩，你太软，
Зу щён цэшон.	就想踩上。
Щинщю жюшон щён сани	星宿揪上想洒呢
Вон димяншон.	往地面上。
Щинщю, щинщю, ни мә фур	星宿，星宿，你没数儿
Тяншон фон гуон.	天上放光。
Щинщю жунни тёдини	星宿中你跳的呢
Гўнён-вивон.	姑娘-为王。

注释：

①熟牡丹：开得艳丽的牡丹。

②闪丹：即山丹花。因山丹花花开时呈现鲜红色或紫红色，充满了生机与朝气，所以常被编入民歌中，借以抒发热烈的感情。

③月亮地呢：月光中。

Нанцон щинэ

Вәди щинэ би хэ шын,
Щин гәлор цон.
Щёнче ни, тэён са гуон,
Щинни тэ лён.
Ни хощён хуар кэ вонли,
Хуайүанни лон.
Заён хуарди жунжянни
Зыю ни вивон.

Дуанжы шынти тэ хокан,
Щён йигыр щян.
Ванвар мимо, жүнмый зуй
Шылюр йибан.
Шышон зыю ни жүн-ён,
Хуар бибушон.
Нагә мучин сын-ёнли
Ни тэ пёлён.

暗藏喜爱

我的喜爱比海深，
心圪劳儿[①]藏。
想起你，太阳洒光，
心呢太亮。
你好像花儿开旺哩，
花园呢浪[②]。
杂样花的中间呢
只有你为王。

端直身体太好看，
像一根儿线。
弯弯儿眉毛，俊美嘴
石榴儿一般。
世上只有你俊-样，
花儿比不上。
哪个母亲生-养哩
你太漂亮。

注释：

①心圪劳儿："圪劳儿"，角落；"心圪劳儿"即内心深处。

②浪：游玩，散心。

Чунтян	**春天**
Вугынцыр тяншон чондини,	五更鸥儿天上唱的呢，
Куадисы чунтян.	夸的是春天。
Фыннуннурди гуәхуар кәди,	粉嫩嫩儿的果花儿开的，
Бый йүн йибан.	白云一般。
Мифыр монди цәдини,	蜜蜂儿忙的采的呢，
Ба фынми дуан.	把蜂蜜端。
Җижүн гӳнён лондини	急俊姑娘浪的呢
Гуәфу жунжян.	果树中间。
Хуайүанни за хуар кәфанли,	花园呢杂花儿开繁哩，
Видо тә цуан.	味道太窜。
Гӳнён литу зандини –	姑娘里头站的呢 –
Шызә хокан.	实在好看。
Нади люфу жыр дындини,	拿的柳树枝儿等的呢，
Кә мә на хуар	可没拿花儿
Ги щинәди щён дуанни	给喜爱的想端呢
Щинә фужыр.	喜爱树枝儿。
Щёхуәр гощинди долэли,	小伙儿高兴的到来哩，
Фынхуон йибан.	凤凰一般。
Та ба люфу жыр канжян,	他把柳树枝儿看见，
Нун щин шон тян.	嫩心上天。
Гӳнён хощён хун тәён	姑娘好像红太阳
Хуар жунжян зан.	花儿中间站。
Лёнгә чин жын йүли мян,	两个情人遇哩面[①]，
Щинә фәбуван.	喜爱[②]说不完。

注释：

①遇哩面：见面了。

②喜爱：喜欢，高兴。

Быйлир йибан

Лю цо танни жондини,
Лю вын йибан.
Быйлир тяншон щүандини,
Чонди чунтян.
Хун хуар танни кэ фанли,
Видо тэ цуан.
Гўнён хуайүанни лондини
Сэфу модан.
Го сандиршон щёхуэр зан
Гўнён канжян,
Чинсы тушон бе шандан,
Зохуа дабан.
Лёнгэ чин жын йүли мян,
Щинэ фэбуван.
Йиче хуар литу ни вивон,
Вэди модан.
Нагэ мучин сын-ёнли,
Жүн-ён фэбушон?
Зэ чянванди хуар жунжян
Вэ щён зошон.
Дансы ба ни вэ зожян,
Бэдо шонфон.
Тянтян ганзо вэ чонни,
Быйлир йиён.

百灵儿一般

绿草滩呢长的呢，
绿绒一般。
百灵儿天上旋的呢，
唱的春天。
红花儿滩呢开繁哩，
味道太窜。
姑娘花园呢浪的呢
赛熟牡丹。
高山顶上小伙儿站
姑娘看见，
青丝头上别闪丹，
造化打扮。
两个情人遇哩面，
喜爱说不完。
一切花儿里头你为王，
我的牡丹。
哪个母亲生-养哩，
俊-样说不上？
在千万的花儿中间
我想找上。
但是把你我找见，
摆到上房[1]。
天天赶早[2]我唱呢，
百灵一样。

注释：

①上房：坐北朝南的正房。
②赶早：清晨。

Вədи щивон

Жиргə лян ни йүмянли,
Вə тэ гощин.
Дянсышон ба ни жянли,
Ни тэ жүн-ён.
Ни чондини щитэшон,
Быйлир йиён.
Фəсы, ни зэ Жунгуəни,
Вə жянбушон.

Жянли ниди жын куади:
Жынйи, пёлён.
Турфанди путо, Хамиди гуа –
Тэён жошон.
Жын зэ чышон жүн-ённи,
Лян хуар йиён.
Ни чыдини ба готян,
Щемый гуаншон.

Ни зэ тяншон щүандини,
Тэён бошон.
Жунгуə дифон тэ чинщю,
Хуар тэ заён.
Ни лондини чин дифон –
Гансў, Шанщи.
На чин йүян чондини
Щинэ, йүнчи.

Го шын, го шын ни куэ чон,

我的希望

今儿个连你遇面哩，
我太高兴。
电视上把你见哩，
你太俊-样。
你唱的呢戏台上，
百灵儿一样。
说是，你在中国呢，
我见不上。

见哩你的人夸的：
仁义，漂亮。
吐鲁番的葡萄，哈密的瓜 –
太阳照上。
人在吃上俊-样呢，
连花儿一样。
你吃的呢把高甜[1]，
血脉灌上[2]。

你在天上旋的呢[3]，
太阳抱上。
中国地方太清秀，
花儿太杂样[4]。
你浪的呢亲地方[5] –
甘肃，陕西。
拿亲语言唱的呢
喜爱，运气。

高声，高声你快唱，

Жё хуэймин тин.
Зущён хўтер, фи зэ тян,
Тэёншон лон.
Зэ щитэшон ни чонли,
Шанзы наче.
Канжян ниди жүн муер,
Щин ду шон тян.

Хощён тэён, чўлэли
Вәди щивон.
Быйлир йибан, ни чонли
Зўгуй, чин нён.
Ба щин щён ги ни дуанги,
Щинэ гўнён.
Жисы заму йүмянни,
Вәди щивон.

叫回民听。
就像蝴蝶儿，飞在天，
太阳上浪。
在戏台上你唱哩，
扇子拿起。
看见你的俊模样儿，
心都上天⑥。

好像太阳出来哩
我的希望。
百灵儿一般，你唱哩
祖国，亲娘。
把心想给你端给，
喜爱姑娘。
几时咱们遇面呢，
我的希望。

注释：

①高甜：水果。
②血脉灌上：好像灌上血脉一样。
③天上旋的呢：（乘坐着飞机）在天上飞。
④太杂样：种类很多。
⑤亲地方：亲切的地方，故乡。
⑥心都上天：心飞了。

Сыйсы вәди формани?

Сангәр йитун фахади,
Йитун шонли щүәли,
Йидо хонзыни жўхади,
Зорфу диха зуәли.

Шыву йүәлён жоди щян,
Зорфу гынчян гўнён зан,
Зорфу кәди ви тэ цуан,
Гўнён зущён вынбужян.

Щинни фажи, чон пансуан:
Долэ ба сый жё вә жян?
Лёнгә щёхуәр ду жонди хо –
Зорфу, чин ни пин гундо.

Чин ни ги вә чў йижян:
Нагә до вәшон жычян?
Сыйду чўгуә ни мә жян
Вәмуди щинэ дэ туанйүан.

Вә жир жынгә тэ пәфан,
Лёнгә мыйжын жинли йүан.
Дада, мама дын вәди хуа –
Вә зобушон ба хуэйда.

谁是我的福尔玛尼[1]？

三个儿一同耍下的[2]，
一同上哩学哩，
一道巷子呢住下的，
枣儿树底下坐哩。

十五月亮照的显，
枣儿树跟前姑娘站，
枣儿树开的味太窜，
姑娘就像闻不见。

心呢发急，常盘算：
到来[3]把谁叫我见？
两个小伙儿都长的好 –
枣儿树，请你评公道。

请你给我出意见[4]：
哪个到我上值钱？
谁都除过你没见
我们的喜爱带团圆。

我今儿真格[5]太颇烦，
两个媒人进哩院。
达达，妈妈等我的话 –
我找不上把回答。

注释：

①福尔玛尼：阿拉伯语，缘分。
②一同耍下的：(小时候)在一起玩耍过。
③到来：到底，究竟。
④意见：主意。
⑤真格：的确，真的。

Ду жё щинэ

Жиргә ба ни кә жянли,
Вәди щинэ.
Тянтян вә щён йүмянни,
Дэ ни туанйүан.
Хощён кэфанди хун хуар,
Тэён жошон.
Нисы тянтонниди щянхуар,
Вә жюбушон.

Гуонсы вә мәю зывон,
Ли вә ни йүан.
Ба ни канжян вә гощин,
Хуншын дажан.
Ниди щин нин, зымый-а,
Ба вә мә вон.
Ни дэ понжын жехунли,
Вә тэ нежон.

Панвон жё ни хо гуәчи,
Жё ю щинэ.
Вәсы шышон дуәйүди,
Ни мә щинэ.
Вә бу хухуэй, зымый-а,
Е мә вон хуә.
Вәди йүнчи зун лэни,
Щинэ, гощин.

Вәди гуйхуар зун кэни,

都叫喜爱[①]

今儿个把你可见哩，
我的喜爱。
天天我想遇面呢，
带[②]你团圆。
好像开繁的红花儿，
太阳照上。
你是天堂呢的鲜花儿，
我揪[③]不上。

光是我没有指望，
离我你远。
把你看见我高兴，
浑身打颤。
你的心硬，姊妹-啊，
把我没忘。
你带旁人结婚哩，
我太孽障。

盼望叫你好过去[④]，
叫有喜爱。
我是世上多余的，
你没喜爱。
我不后悔，姊妹-啊，
也没枉活[⑤]。
我的运气总来呢，
喜爱，高兴。

我的桂花儿总开呢，

Хан мә кэ вон.	还没开旺。
Зущён йүәсыр кэ щинни,	就像钥匙开心呢，
Щинэ дан лэ.	喜爱但来。
Нэхур вә е гощинни	那候儿我也高兴呢
Бошон щинэ.	抱上喜爱。
Вон димяншон вә сани	往地面上我洒呢
Ду жё щинэ.	都叫喜爱。

注释：

①喜爱：相爱，喜欢。
②带：连词，和，与。
③揪：采摘。
④好过去：让(人)生活过得好。
⑤枉活：白白地活。

Шызэ хокан

Җүнмый гӳнён зудини,
Шызэ хокан.
Йүәлён ги та пый щёляр,
Канҗян җүн-ён.
Щюляр дади җүн гӳнён –
Тэту гуан щин.
Зэ щинщю литу зодини,
Тади щивон.
Зэ хуар җунҗян зандини,
Чончон пансуан.

Җисы чин жын до гынчян,
Ба щянхуар дуан.
Ба тади җүн-ён канҗян,
Тэён са гуон.
Лотян ба та чё дабан –
Җун-ён җә тян.
Щүанзы щүанхади шынти,
Щён йигыр щян.
Путо нянҗин, йинтор зуй –
Шызэ хокан.

实在好看

俊美姑娘走的呢，
实在好看。
月亮给她赔笑脸儿，
看见俊-样。
羞脸儿大[①]的俊姑娘 –
抬头关心。
在星宿里头找的呢，
她的希望。
在花儿中间站的呢，
常常盘算。

儿时情人到跟前，
把鲜花儿端。
把她的俊-样看见，
太阳洒光。
老天把她巧打扮 –
俊-样遮天。
镟子镟下的[②]身体，
像一根儿线。
葡萄眼睛，樱桃儿嘴 –
实在好看。

注释：

①羞脸儿大：很害羞。

②镟子镟下的：按照一定的标准设计制造的，形容长得标致。

Щёхуәр-гӯнён

Щёхуәр

Жүнмый гӯнён, ни фа ян,
Нагә мучин сын-ёнли?
Ни тэ пёлён, щинэ гӯнён,
Хуар литу ни вивон.

Гӯнён

Вә зэ Жунгуә сын-ёнли,
Зохуа жүнди вәршон жонли.
Турфанди путо, Хамиди гуа,
Чышон жын тэ щифа.

Щёхуәр

Ба ни канжян тэ гощин,
Вәди щин тё, жу жан.
Ба чинжә хуа вондёли,
Вәди щинэ, жүнмый гӯнён.

Гӯнён

Чин ни фә, вәди фынхуон,
Вә тиндини, на да зывон.
Вә ю щинни, ку нан жон,
Дэ ни йүмян вә е чинйүан.

Щёхуәр

Чян-лиди лӯшон вә золи,
Вәди щянхуар, вәди йүәлён –

小伙儿-姑娘

小伙儿

俊美姑娘，你发言，
哪个母亲生-养哩?
你太漂亮，喜爱姑娘，
花儿里头你为王。

姑娘

我在中国生-养哩，
造化俊的窝儿①上长哩。
吐鲁番的葡萄，哈密的瓜，
吃上人太细法。

小伙儿

把你看见太高兴，
我的心跳，肉颤。
把亲热话忘掉哩，
我的喜爱，俊美姑娘。

姑娘

请你说，我的凤凰，
我听的呢②，拿大指望。
我有心呢，口难张，
带你遇面我也情愿。

小伙儿

千-里的路上我找哩，
我的鲜花儿，我的月亮 –

Жысы формани йүмян,	这是福尔玛尼遇面，
Замуди щинэ, туанйүан.	咱们的喜爱，团圆。

注释：

①窝儿：位置，地方，地儿。

②听的呢：听着呢，在听。

Мо нянжин

Кэфанди хун хуар зэ саншон,
Вәди чин жын җўзэ чыншон.
Вә зэ натар дын нини?
Ни зэ бә ю эр щинли.

Вә йидин каншонлё ни,
Нисы вәди щинэ жын.
Дуә нян панвон вәди чин жын.
Зусы ни, мо нянжин.

Хуаму җонзэ го саншон,
Фусор ванзэ санпяншон.
Вәди чин жын зущён йүәлён,
Вә зэ җәр чон сылён.

Вә йидин каншонлё ни,
Нисы вәди щинэ жын.
Дуә нян панвон вәди чин жын
Зусы ни, мо нянжин.

毛眼睛

开繁的红花儿在山上，
我的情人住在城上。
我在哪塔儿等你呢？
你再亘有二心哩。

我一定看上了你，
你是我的喜爱人[①]。
多年盼望我的情人。
就是你，毛眼睛。

桦木长在高山上，
树梢儿弯在山片[②]上。
我的情人就像月亮，
我在这儿常思量。

我一定看上了你，
你是我的喜爱人。
多年盼望我的情人
就是你，毛眼睛。

注释：

①喜爱人：喜欢的人。
②山片：山坡。

杂 Заёнди вынжон
样的文章

Вәди зымый

Вәди зымый мин тэ да,
Йичеди хуәшон ду ю та,
Ю дон мама, жуа вава,
Ю зў захуә быиту да.

Шонли чичә кэди хо,
Фынчуан ёшон фиди го.
Вулохади быйшо җонди да,
Жызы доли шу мянхуа.

Ниди щинҗин ю дуә да,
Дуәдади кәлон ду чынха,
Зўкэ хуәли нан җынщин,
Ба жын йиче вончян лин.

Ниди шу би җичи куэ,
Дуә җүнди дифон ду щюгэ.
Ниди шуйи ю дуә го,
Дуә жунди бин нын канхо.

Ниди йүнчи би тян да,
Тёёнхади эрнү лийи да.
Нянфуди сышон тэ шончян.
Йичеди хуәшон бу салан.

Суй-дади сышон ду зуанган,
Жызы доли е хуэй хуан.
Йинви нэгә щин бу ло,

我的姊妹[1]

我的姊妹命太大，
一切的活上都有她，
又当妈妈，抓娃娃[2]，
又做杂活背头大[3]。

上哩汽车开的好，
风船吆上[4]飞的高。
务落[5]下的白苕[6]长的大，
日子到哩收棉花。

你的心劲有多大，
多大的壳宦都盛下[7]，
做开活哩安真心，
把人一切往前领。

你的手比机器快，
多俊的地方都修盖。
你的手艺有多高，
多重的病能看[8]好。

你的运气比天大，
调养下的儿女礼仪大[9]。
念书的事上太上前。
一切的活上不撒懒。

碎-大的事上都钻干[10]，
日子到哩也会缓。
因为那个心不老，

Заёнди сышон ду нын до.	杂样的事上都能到。
Зунхə звено ниму лин,	综合组队[11]你们领，
Ви го шучын вончян щин,	为高收成往前行，
Вынмин хонни е шыкан.	文明行呢也试看[12]。
Есы зымыйди хо йинган.	也是姊妹的好营干。
Йинви ниму вə фи щин,	因为你们我费心，
На чүзы тин нимуди щин.	拿曲子听你们的心。
Вə щён ба нимуди гуйжун щён	我想把你们的贵重像
Зандо вəди сывыншон.	錾到我的诗文上。

注释：

①姊妹：既指姐妹，又指兄弟姐妹。此处指姐妹。
②抓娃娃：抚养孩子。
③背头大：负重能力大，这里指忍耐力强。
④风船吆上：风船，飞机；吆，赶，借指开。风船吆上，即开上飞机。
⑤务落：培育、栽培农作物。
⑥白茬：甜菜。
⑦盛下：容纳得了。
⑧看：治疗。
⑨礼仪大：待人接物的习惯上严格遵循传统行为规范。
⑩钻干：钻研、进取、能干。
⑪组队：苏联时期，集体农庄把干活的人分编成小组、小队。
⑫试看：尝试，试验。

Вәсы хуэйзў гўнён

Вәсы хуэйзў гўнён,
Хуэйзўжынди да щивон.
Нянфуди сышон танщинни,
Зэ хуайүанни вә җонни.

Вәсы хуэйзў гўнён,
Ги жын вә щён бонмон.
Заёнди сышон шончянни,
Зэ хуайүанни вә җонни.

Вәсы хуэйзў гўнён,
Нянчын дэфу кан бинни.
Җё жын йиче гончённи,
Шышон җё таму хуә вонни.

Вәсы хуэйзў гўнён,
Ба нёнлозы щинэни.
Ги таму вә люшынни,
Чынчин ги таму дощени.

Вәсы хуэйзў гўнён,
Ги жын вә дуан гощинни.
Дуәдуәди ба хуар җунни,
Зэ хуайүанни җё җонни.

我是回族姑娘

我是回族姑娘，
回族人的大希望。
念书的事上贪心呢，
在花园呢我长呢。

我是回族姑娘，
给人我想帮忙。
杂样的事上上前呢，
在花园呢我长呢。

我是回族姑娘，
念成大夫看病呢。
叫人一切刚强呢，
世上叫他们活旺①呢。

我是回族姑娘，
把娘老子喜爱呢。
给他们我留声呢，
称情给他们道谢呢。

我是回族姑娘，
给人我端高兴呢。
多多的把花儿种呢，
在花园呢叫长呢。

注释：

①活旺：活得精力旺盛、健康长寿。

Дунганка я
(перевод с дунганского)

Дунганка я-дитя народа своего,
Я рождена для радости его.
Я книгу жизни у богов краду,
Чтоб жили вы в прекраснейшем саду.

Дунганка я-опора своего народа,
И для меня загадок не таит природа.
Я всех задач решения найду,
Чтоб жили вы в прекраснейшем саду.

Дунганка я-надежда своего народа,
Я вас лечу, шагая через годы.
Чтоб бодры были в людях плоть и дух,
Чтоб жили вы в прекраснейшем саду.

Дунганка я-забота я народа своего,
Я и поддержка старости его.
Я словно ангел к вам с небес сойду,
Чтоб жили вы в прекраснейшем саду.

Дунганка я-любовь народа своего,
Душа и сердце я в семье его.
Я напоить добром и счастьем вас иду,
Чтоб жили вы в прекраснейшем саду.

Дунганка я-дитя народа своего,
Я рождена для радости его.
Усердно книгу жизни познаю,
Чтоб жили все дунгане, как в раю.

我是东干姑娘
（从东干文翻译的俄文）

我是东干姑娘-自己民族的女孩，
我为自己的民族自豪。
我从上帝那里偷来一本关于生活的书，
为了你们生活在美丽的乐园。

我是东干姑娘-自己民族的支柱，
大自然对我没有秘密，我什么都知道。
一切问题我都能解决，
为了你们生活在美丽的乐园。

我是东干姑娘-自己民族的希望，
通过多年，我在治疗你们。
为了人们精神、肉体的刚强，
为了你们生活在美丽的乐园。

我是东干姑娘-自己民族的关怀，
是东干民族老人的后盾。
我像天使从天上来到这里，
为了你们生活在美丽的乐园。

我是东干姑娘-自己民族的爱，
东干民族大家庭的主心骨。
我要给你们善良和幸福，
为了你们生活在美丽的乐园。

我是东干姑娘-自己民族的女孩，
我为它的喜气出生。
仔细地在了解关于生活的书，
为了你们住在美丽的乐园。

Бый хўтер
(ги Анжела Калимова)

Хўтер зэ щитэшон фадини,
Шутин щёнчин фидини.
Зы вон эрфынни гуандини,
Щинни фонкуэди тиндини.

Лёнба мянҗизы шу нандини,
Бый хўтерди бонзы шандини.
Чинсый туфа бэлондини,
Зэ лан тяншон фидини.

Фипуто нянҗин щёдини,
Та Җё хуэймин гощиндини.
Щёнчин зысы чондини,
Анжела бутынди фадини.

Вәди хўтер, чин ни фа,
Да го щитэшон ни бә ха.
Нисы Ясыр Шывазыди да зывон
Җё тади “бый хўтер” зэ чон.

Бый чу санзы фон гуон,
Ба го щитэ ду җо лён.
Дин-дон, дин-дон зысы чон,
Годи бә тын, ба гуон җон.

Сыжынди вонщён цэ чынли,
Щинни, данпа, е гощин.
Лян та йитун вә щихуан,
Нисы ту йигә бый модан.

白蝴蝶儿
（给安叶拉·卡丽茂娃）

蝴蝶儿在戏台上耍的呢，
受听①响琴飞的呢。
只往耳缝呢灌的呢，
心呢爽快的听的呢。

两把面剂子手按的呢，
白蝴蝶儿的膀子扇的呢。
青色头发摆浪的呢，
在蓝天上飞的呢。

水葡萄眼睛笑的呢，
它叫回民高兴的呢。
响琴只是唱的呢，
安叶拉不停的耍的呢。

我的蝴蝶儿，请你耍，
打高戏台上你叵下②。
你是亚瑟儿·十娃子的大指望
叫他的“白蝴蝶儿”再唱。

白绸衫子放光，
把高喜爱都照亮。
叮-当，叮-当只是唱，
高低叵停，把光长。

诗人的望想才成哩，
心呢，耽怕，也高兴。
连他一同我喜欢，
你是头一个白牡丹。

注释：

①受听：让人听了舒服，爱听。②叵下：不要下来。

Нү пын-ю　　　　女朋-友

Вəди нү пын-ю - жыгə хуа
До вəшон гуйжун.
Лян жян йиён фидини,
Суйшон гон фын.
Ю дуэ чинжэ жыгэ хуа
Ю дуэ хотин.
Ни люшын тин жыгэ хуа
Зу щён зуан щин.
Чиннэди нү пын-ю, нисы мучин,
Дан хан йи шын,
Мама хуади, йисы тэ шын,
Жысы тэпинди гын.
Жё йиче нүжын ду йищин,
Бохў тэпин.
Сан лян хэ ду донбучў
Пын-юди чин.
Лянщинди нү пын-ю, вончян зан,
Жё ниди нян куан.
Лан тян чинди, тэён жоди,
Жё эрнү щёди,
Жё шышонди жын ду йищин,
Димяр тэпин.
Пын-юди хуасы щёнходи,
Тасы либулёди.

我的女朋-友-这个话
到我上贵重。
连箭一样飞的呢，
随上刚风[①]。
有多亲热这个话
有多好听。
你留神听这个话
就像钻心[②]。
亲爱的女朋-友，你是母亲，
但喊一声，
妈妈画的，意思太深，
这是太平的根。
叫一切女人都一心，
保护太平。
山连河都挡不住
朋-友的情。
连心的女朋-友，往前站，
叫你的眼宽[③]。
蓝天晴的，太阳照的，
叫儿女笑的，
叫世上的人都一心，
地面儿太平。
朋-友的话是相好的，
它是离不了的。

注释：

①刚风：强劲有力的风。

②钻心：深入到心中，使心灵受到震撼，打动人。

③眼宽：视野开阔，境界高。

Эрдэх щён

Вә чон Эрдэх зэ фаҗон,
Җўди минжын хуар йиён.
Дудисы чўли вынмин жын,
Жё чин щёнжуон зэ чў мин.

Жыгә щён гын зади шын,
Сунфу йиён, дунщя чин.
Го сан, сунфу, чисый щён,
Җўди минжын йи тэ чон.

Жыгә щёнҗуонниди жын,
Нянфуди сышон тэ чищин.
Шынлан хэди тэ ганҗин,
Ги таму тянли да җиншын.

Ба Эрдэх щёнҗуонди лисы
Вон сывыншон вә щён зан.
Литу жўди хуэйзўжын
Вынмин сышон тэ шончян.

阿但克①乡

我唱阿但克在发展，
住的民人花儿一样。
都的是②出哩文明人，
叫亲乡庄再出名。

这个乡根扎的深，
松树一样，冬夏青。
高山，松树，气色③香，
住的民人义太长④。

这个乡庄呢的人，
念书的事上太齐心。
深蓝海底太干净，
给他们添哩大精神。

把阿但克乡庄的历史
往诗文上我想錾。
里头住的回族人
文明事上太上前。

注释：

①阿但克：即二道沟。
②都的是：全都是，全部是。
③气色：空气，景色。
④义太长：情义深长，讲究礼仪，心地善良。

Вәди Йинпан

Хуэйзў зуәнан фан Тянсан,
Ба йин захали зэ Йинпан.
Жыгә щёнжуон вәшон чин,
Йинпансы хуэйзўди жунщин.

Вә щёнли Гансўди жинчын Ланжули,
Щёнче Шанщиди жүнмый Щиян.
Сылёнче Жунгуәди го сан, чын чён,
Зу щён бян йигә чёчёр фигуә Тянсан.

Кәсы вә мә бонзы, фибугуә го сан,
Зэ Йинпанни вә золи чин фи, пин тан.
Тасы вәди жинчын, за хуар кэ ман,
Зу зэ Йинпанни зожуәли йүнчи вубян.

Чинщю Йинпан тэ хокан,
Вә бу хуан ба Йинпан лян Йинчуан.
Йинпансы шанщиди жунщин,
Ба та гэчын Йинщүн Масанчын.

我的营盘①

回族作难翻天山，
把营扎下哩②在营盘。
这个乡庄我上亲，
营盘是回族的中心。

我想哩甘肃的京城兰州哩，
想起陕西的俊美西安。
思量起中国的高山，城墙，
就想变一个雀雀儿③飞过天山。

可是我没膀子④，飞不过高山，
在营盘呢我找哩清水，平滩。
它是我的京城，杂花儿开满，
就在营盘呢找着哩运气无边。

清秀营盘太好看，
我不换把营盘连银川。
营盘是陕西的中心，
把它改成英雄马三成。

注释：

①营盘：哈萨克斯坦东干人乡庄，是哈萨克斯坦最大的东干乡庄，营盘也叫作“马三成”。

②把营扎下哩：指清朝末年陕甘回民起义失败后，于1877年底翻越天山，来到天山北麓的吉尔吉斯斯坦草原安营扎寨。

③雀雀儿：小鸟儿。

④膀子：翅膀。

Шышон дансы…	**世上但是[1]……**
Шышон дансы ба хо ган,	世上但是把好干，
Бə щин куй.	叵心亏[2]。
Хўтер йиён ни фини,	蝴蝶儿一样你飞呢，
Зэ тяншон щүан.	在天上旋。
Шышон дансы щин щан	世上但是行善[3]
Ба хо е ган.	把好也干。
Нэхур лотян фужони,	那候儿老天恕饶[4]你，
Хубый хокан.	后辈好看。
Шышон мучин дан гуйжун,	世上母亲单[5]贵重，
Суансы пиннан.	算是平安。
Эрнү ба ни йүн бу вон,	儿女把你永不忘，
Нынчин бушон.	恩情补上。
Шышон дансы хуэ лёнщин,	世上但是坏良心，
Щин зэ тэ нин.	心灾太硬。
Җунжын ба ни җусыни,	众人把你咒死呢，
Ни тэ диҗян.	你太低贱。
Шышон дансы тэ янчи,	世上但是太焰气[6]，
Ба җянчё сыван.	把奸巧[7]使完。
Ниди хубый де гўни,	你的后辈喋咕[8]呢，
Нянлуй бу ган.	眼泪不干。
Шышон дансы ни ган хо,	世上但是你干好，
Ба сэвабу лан.	把塞瓦布[9]揽。

Хубый ба ни зун бу вон,	后辈把你总不忘，
Фанчон жищён.	泛常记想。

注释：

①但是：表假设，如果。

②叵心亏：不做亏心事。

③行善：行为无私，做慈善的事。

④恕饶："饶恕"的逆序词。

⑤单：单另的，这里引申为特别。

⑥焰气：盛气凌人，气焰很盛的样子。

⑦奸巧：奸诈。

⑧喋咕：喋喋不休地列举过失加以指责。

⑨塞瓦布：阿拉伯语借词，意为回赐、回报、报酬，特指安拉对穆斯林善行的一种奖赏。

Гўдэ щёнҗуон

Щёнҗуонди лисы шын.
Литу җўди цунмин жын.
Нянкуан, тэ вынмин.
Ганкэ сали ду йищин.

Җялпак-Тобе щён вэшон чин.
Дан сылёнче, тэ гощин.
До вэшон зущёнсы тэ йүан
Кэсы фанчон, зэ щинҗун.

Җыгэ щёнҗуон вэшон гуйҗун,
Зэ җэр вэ лэди тэ чин.
Литу җўди щянхуэй жын,
Җейинли ба вэ на жэщин.

Гуйҗун, щинэ вынмин жын,
Ги вэди фу люли да шын.
Вэ на жэщин дощени,
Ги ниму панвон гончённи!

古代乡庄[1]

乡庄的历史深。
里头住的聪明人。
眼宽，太文明。
干开啥哩都一心。

江尔帕克-提别[2]乡我上亲[3]。
但思量起，太高兴。
到我上就像是太远
可是泛常，在心中。

这个乡庄我上贵重，
在这儿我来的太勤[4]。
里头住的贤惠人，
接迎哩把我拿热心。

贵重，喜爱文明人，
给我的书留哩大声[5]。
我拿热心道谢呢，
给你们盼望刚强呢！

注释：

①乡庄：村庄，农家聚居之地。
②江尔帕克-提别：哈萨克语借词，村庄。
③我上亲：对我来说亲切。
④太勤：很勤快，经常做。
⑤大声：大名声。

Вушы нян

Дыйли да шын вушы нян,
Йиче минзў дый фанжуан.
Космос чуан кунжунни жуан,
Ни кан хокан бу хокан.

Завод, гунчон фубубан,
Чынпу, щёнжуон да гэбян.
“Чайка”, “Волга” зущён жян,
Куанда хонзыни южуан.

Колхоз, совхоз диже куан,
Мыйзы жунди йи да тан.
Гэёнди жичи дини жуан.
Лёншы цонфонни ду зўман.

Зўгуйди танчон мə бян ян,
Заёнди фугуй литу ман.
Мянхуа жёнжын зуə “лан чуан”
Ба соцпинпин щинди куан.

Чиннян зўхуə фи щинжин,
Доли чюни шуди жин.
Нянфу, зўхуə тэ шончян,
Йичеди сышон ду зуанган.

Тэён жоди салё гуон,
Йүми, быйшо жонди вон.
Кўхан гощин чүзы чон,
Чонди фугуй до цонфон.

五十年

得哩大胜[①]五十年，
一切民族得翻转。
考斯毛斯[②]船空中呢转，
你看好看不好看。

匝沃德[③]，工厂数不完，
城铺，乡庄大改变。
“恰伊卡”[④]，“沃勒嘎”[⑤]就想见，
宽大巷子呢游转。

考勒号子，骚夫号子[⑥]地界宽，
麦子种的一大滩。
各样的机器地呢转。
粮食仓房呢都做满。

祖国的滩场没边沿，
杂样的富贵里头满。
棉花匠人坐“揽船”
把骚茨[⑦]平平行[⑧]的宽。

青年做活费心劲，
到哩秋呢收的净。
念书，做活太上前，
一切的事上都钻干。

太阳照的洒了光，
玉米，白苕长的旺。
苦汉高兴曲子唱，
唱的富贵到仓房。

注释：

①得哩大胜：指苏联取得卫国战争胜利。
②考斯毛斯：俄语借词，太空。
③匝沃德：俄语借词，制造厂。
④“恰伊卡”：俄语借词，“海鸥”牌。
⑤“沃勒嘎”：俄语借词，“沃勒嘎”是俄罗斯境内的河流，在这里是“沃勒嘎河”牌的意思。
⑥骚夫号子：俄语借词，村庄。
⑦骚茨：俄语借词，社会主义。
⑧平平行：平稳地前进，在平坦的道路上前行。

Гунщи!

"Хуэймин бо"кә хуәли,
Гунщи, Гунщи!
Замуди дынта кә җуәли,
Дун хэ җунҗян.
Хуэймин лянщи кә юли,
Щёнҗуон, да чын.
На чиннён йүян кә щени,
Вынҗон, сывын.

Вә чин хуэйзў ду чищин,
Дуә ще щинвын.
Ба җинхади, җянхади щешон,
На чин йүян.
Җё хуэйзўди щин линфан,
Ба зыҗи дон жын.
Бә җё замуди бо мели,
Даҗя чищин.

Бә щён "Чинмё" боли –
Пәфан, кәлян.
Гуон хуатур шынхали
На чин йүян.
Хоханзы чиннян чў шыни,
Вичин нёнян.
Таму яндин занҗинни,
Бохў йүян.

恭喜！

《回民报》可活哩[①]，
恭喜，恭喜！
咱们的灯塔可着哩[②]，
东海中间。
回族的联系可有哩，
乡庄，大城。
拿亲娘语言可写呢，
文章，诗文。

我请回族都齐心，
多写新闻。
把经下的，见下的写上，
拿亲语言。
叫回族的心灵泛，
把自己当人。
叵叫咱们的报灭哩[③]，
大家齐心。

叵像《青苗》报哩 –
颇烦，可怜。
光话头儿[④]剩下哩
拿亲语言。
好汉子青年出世呢，
为亲娘言。
他们言定攒劲[⑤]呢，
保护语言。

注释：

①可活哩：起死回生了。此处指《回民报》复刊了。
②着哩：点燃了，有了光亮。
③灭哩：死了，被消灭了。此处指《回民报》停刊。
④话头儿：开头的话。
⑤攒劲：鼓足气力，或者很厉害的样子。

Гуйҗун зымый

Нисы чунтян, гуйҗун зымый,
Щянхуар йибан.
Йүнчи фанчон җё суй ни,
Гуйҗун зымый.
Зэ хуайүанни ющир җон
Литу вивон.
Ба тэёнди җингуон хәшон,
Җё ни зэ вон.

Нисы щянхуар пу лю тан,
Видо тэ цуан.
Гә жьн ду щён җюшонни,
Сысый бу ван.
Мәю ни, мәю гощин,
Гуйҗун зымый.
Шышон нисы либулёди жын,
Тэён йиён.

Нисы мучин, чин-нён,
На хо щинчон
Тёён эрнү, тепыйли щин,
Хи-мин цощин.
Мә ни вава зо нанни,
Гуйҗун зымый.
Эрнүсы йүнчи дэ гощин,
Ниди да зывон.

Хийүн бә җё җә тэён,

贵重姊妹

你是春天，贵重姊妹，
鲜花儿一般。
运气泛常叫随你，
贵重姊妹。
在花园呢由性儿长
里头为王。
把太阳的金光喝上，
叫你再旺[1]。

你是鲜花儿铺绿滩，
味道太窜。
各人都想揪上呢，
是谁[2]不宛[3]。
没有你，没有高兴，
贵重姊妹。
世上你是离不了的人，
太阳一样。

你是母亲，亲-娘，
拿好心肠
调养儿女，贴赔哩心，
黑-明操心。
没你娃娃遭难呢，
贵重姊妹。
儿女是运气带高兴，
你的大指望。

黑云叵叫遮太阳，

Вава жё щё.	娃娃叫笑。
Лян хуар йиён жё кэди,	连花儿一样叫开的[④],
Тэён жошон.	太阳照上。
Пушыди нүжын бу ё жон –	普世的女人不要仗 –
Ёдисы тэпин.	要的是太平。
Жё лан тян фанчон ганжинди,	叫蓝天泛常干净的，
Гуйжун зымый.	贵重姊妹。

注释：

①再旺：更加旺盛。

②是谁：所有的人，任何人。

③宛：绕过。

④叫开的：让（花儿）绽放。

Шышон хуә вон

Йижю жюшы чи нян,
“Хуэймин бо” жын йи нян.
Ниди суйсуршон гунщи!
Нисы хуэйзўди да лянмян.

Йижю вушы чи нян,
Жысы сынли да гәди нян.
Чийүә жунжян ёминли,
“Шыйүәди Чи” бо чў шыли.

Ниди суйфу жын шонян,
Кэли хуарли сышы нян.
Ганхади сычин тэ жычян,
Хуэйзў ба ще добуван.

Да гә гощинди линдини,
Щүнди цэ щүәди зудини.
Ю жин-ян, жышы шын –
Да гә жё ни чын жын.

Ниди цыбор жон нинли,
Ба да гәди гангар жушонли.
Жыхур да гәди щин куанли,
“Хуэймин бо” ба та тихуанли.

Жиннянсы замуди гощин нян,
Занчынли “Шыйүәди чи” сышы нян,

世上活旺

一九九七年，
《回民报》①整一年。
你的岁岁儿上恭喜！
你是回族的大脸面②。

一九五七年，
这是生哩大哥的年。
七月中间要命哩③，
《十月的旗》④报出世哩。

你的岁数正少年，
开哩花儿哩四十年。
干下的事情太值钱，
回族把谢道不完。

大哥高兴的领的呢⑤，
兄弟⑥才学的走的呢。
有经-验，知识深 –
大哥教你成人。

你的翅膀儿长硬哩⑦，
把大哥的竿竿儿拥上哩。
这候儿大哥的心宽哩，
《回民报》把他替换哩。

今年是咱们的高兴年，
赞成哩《十月的旗》四十年，

Җё “Хуэймин бо” фонщин җон,	叫《回民报》放心长，
Шышон җё та хуә вон.	世上叫它活旺。

注释：

①《回民报》：东干人创办的报纸。
②大脸面：体面，荣誉。
③七月中间要命哩：（经过）七个月的拼命（工作）。
④《十月的旗》：东干人创办的报纸，早于《回民报》四十年。
⑤领的呢：带领着。
⑥兄弟：弟弟。此处指《回民报》。
⑦翅膀儿长硬哩：比喻《回民报》不断积累办报经验，逐渐走向成熟。

Тинбу янфан

Чунфын йиён гуадини
Хуэйзўди гифә.
Гуадо ман җяҗярли
Гощин чуанфә.
Нагә хуэймин бу нэ тин
Чиннён йүян.
Ду щихуанди җейинли
Радио сышы нян.

Сыгә шы нян ни җянли,
Ни тэ нянчин.
Заёнди чүзы чонгуәли,
Ниди шын лин.
Хуэймин йиче заннянли,
Чонхуә, гончён.
Җё ни шышон хан вонни,
Тэён җошон!

Тянсан диршон ду тинли
Ниди лин шын.
Быйлир йиён, ни чонли,
Шынлан тяншон.
Сышыгә чунтян фигуәли
Да ни мянчян.
Лян хуар йиён, ни кэли,
Җын сышы нян.

Җиргә ни кә фанчинли,

听不厌烦

春风一样刮的呢
回族的给说[1]。
刮到满家家儿[2]哩
高兴传说。
哪个回民不爱听
亲娘语言。
都喜欢的接迎哩
广播四十年。

四个十年你见哩，
你太年轻。
杂样的曲子[3]唱过哩，
你的声灵[4]。
回民一切赞念哩，
常活，刚强。
叫你世上还旺呢[5]，
太阳照上！

天山顶儿上都听哩
你的灵声。
百灵儿一样，你唱哩，
深蓝天上。
四十个春天飞过哩
打你面前。
连花儿一样，你开哩，
整四十年。

今儿个你可返青[6]哩，

Хуар кэди фан.	花儿开的繁。
Шонли го сан ни чонли,	上哩高山你唱哩，
Вэ тинди щян.	我听的显。
Хуэйзў йиче дын нили,	回族一切等你哩，
Чиннён йүян.	亲娘语言。
Фанчон ба ни щён тинни,	泛常把你想听呢，
Тинбу янфан.	听不厌烦。

注释：

①回族的给说：回民广播电台播送的（亲娘语言）。
②满家家儿：各家各户。
③曲子：歌曲，民歌。
④声灵：声音高亢、好听。
⑤还旺呢：继续兴旺。
⑥返青：本义是春回大地，万物复苏，此处的引申义为亲娘语言再次受到重视。

Җын сышы нян	**整四十年**
Чуфын суйшон фидоли Мый йигә щён. На җи вынху вындонли Хуэйзўди гончён. Лян хуар йиён, кә фанли Җын сышы нян. Фигуә Тянсан, ду тинли – Йили, Йинчуан.	春风随上飞到哩 每一个乡。 拿嫡问候问当哩 回族的刚强。 连花儿一样，开繁哩 整四十年。 飞过天山都听哩 – 伊犁，银川。
Гәжя-щёхў тинҗянли Чиннён йүян. Пушыди сыюр ду җыли, Хуэймин щихуан. Мә йүан, мә җин фидоли, Да тан, хуайүан. Хуэйзў гўнён тиндини, Щинни футан.	各家-小户[1]听见哩 亲娘语言。 普世的事由儿都知哩， 回民喜欢。 没远，没近飞到哩， 大滩，花园。 回族姑娘听的呢， 心呢舒坦。
Җүн-ён шынти зандини Гуйхуа җунҗян. Фынхур цымый ё тули – Тинҗян гуй ян. Хуонхә яншонди дёйүлон, Люшын е тин. Хуэймин шынйинди гифә Чин ниму ду тин.	俊-样身体站的呢 桂花中间。 粉红儿刺玫摇头哩 – 听见贵言。 黄河沿上的钓鱼郎[2]， 留神也听。 回民声音的给说 请你们都听。

注释：

①各家-小户：各家各户。

②钓鱼郎：渔夫。

Шынлан хуəщир

Жинтян хуэймин ду шу цуан
Жейин Щин нян, сун ло нян.
Шынлан хуəщир жуəдини,
Щинщю йиён, щюдини.

Шутин щёнчин фадини,
Чиннян гощинди тёдини.
Ложын щётинди щүандини,
Ги чуанлян жын дощедини.

Шышон хоханзы жё дуəди,
Ба зыжиди вынмин донсыди.
Йижур е бусы шукўди
Хан ё вынмин щехуанни.

Ба жыгə жечи жещүди,
Жё хуэймин няннян гуəди.
Ба ложын бə вон, жё чинди,
Шынлан хуəщир жё жуəди.

深蓝火星儿[1]

今天回民都收全，
接迎新年，送老年。
深蓝火星儿着的呢，
星宿一样，羞[2]的呢。

受听响琴耍的呢，
青年高兴的跳的呢。
老人消停的喧[3]的呢，
给串连人[4]道谢的呢。

世上好汉子叫多的，
把自己的文明当事的。
一周儿[5]也不是受苦的
还要文明歇缓呢。

把这个节气接续的，
叫回民年年过的。
把老人叵忘，叫亲的，
深蓝火星儿叫着的。

注释：

①火星儿：柴禾燃烧的灰烬，仍然可以点燃。
②羞：晃眼。
③喧：聊天。
④串连人：联系的人，联络的人。
⑤一周儿：一直，总是。

Гуйжун жечи

Җирсы эди - гуйжун җечи,
Гунщи, гунщи!
Жынди щинни җир тэ лён,
Щихуан гощин.
Гә жяр-щёхў ду җейин,
Эди гуйжун.
Ло-шоди жынму монхуонди,
Щёнчи бэ ман.

Йиче мэмин зан йибан
Җищён, заннян,
Ба тэе, ее ду бэ вон
Эди йитян.
Суннан-дизы заннянли
Эдиди зошын.
Җё тэтэ, нэнэ ду гощин,
Щинни щихуан.

Фэсы шыҗе да, жын е заён,
Ду фэди ассалом.
Җыгэ чё хуа йичешон чин,
Мэю фынги.
Бу фын минзў фэдини
Гуйжун жечишон.
Ба ислам җёмын щинфуди
Дусы мэмин.

贵重节气

今儿是埃底[①]-贵重节气，
恭喜，恭喜！
人的心呢今儿太亮，
喜欢高兴。
各家儿-小户都接迎，
埃底贵重。
老-少的人们忙慌[②]的，
香气摆满。

一切穆民[③]站一班[④]
记想，赞念，
把太爷，爷爷都叵忘
埃底一天。
孙男-嫡子赞念哩
埃底的早晨。
叫太太，奶奶都高兴，
心呢喜欢。

说是世界大，人也杂样，
都说的阿塞俩目[⑤]。
这个巧话一切上亲，
没有分隔。
不分民族说的呢
贵重节气上。
把伊斯兰莫[⑥]教门信服的
都是穆民。

注释：

①埃底：即古尔邦节，宰牲节，是穆斯林的节日。

②忙慌：忙碌。

③穆民：穆斯林教众。

④一班：一致。

⑤阿塞俩目：穆斯林见面时的问候语。

⑥伊斯兰莫："莫"，词尾，读轻声，可不翻译；"伊斯兰莫"即伊斯兰。

Жынди шуфу

Лян жян йиён фидини,
Йижор йитян.
Йүә, йүә е зы гуәдини,
Да ни мянчян.
Щин нян няннян лэдини
Нянпир йишан.
Жынди шуфу е тэ дуан,
Сый нын канжян.

Суйфу зысы фидини,
Лян жян йиён.
Цун гыр туфа тэ хокан,
Бый щүә йиён.
Ляншонди жәжәр дуәдини,
Эр бый, нян хуа.
Бу йүн ни пан, ду зуни,
Шышон шынбуха.

Банбый дуә нян хуәхали,
Хо мин люха.
Эрнү, хубый ду юни,
Жыгә шышон.
Ба гунло ни е зынхали,
Ги хубый шынха.
Эрнү ба ни йүн бу вон,
Фанчон жищён.

人的寿数

连箭一样飞的呢，
一绕儿[1]一天。
月，月也只过的呢，
打你面前。
新年年年来的呢
眼皮儿一睒。
人的寿数也太短，
谁能看见。

岁数只是飞的呢，
连箭一样。
葱根儿头发[2]太好看，
白雪一样。
脸上的褶褶儿多的呢，
耳背[3]，眼花。
不用你盼，都走呢，
世上剩不下。

半百多年活下哩，
好名留下。
儿女，后辈都有呢，
这个世上。
把功劳你也挣下哩，
给后辈剩下。
儿女把你永不忘，
泛常记想。

注释：

①一绕儿：一转眼，形容时间过得快。
②葱根儿头发：头发白得像葱根一样。
③耳背：耳朵聋。

Нянщян бу лэли

Салуә чунтян кә лэли,
Нун ер сакэ.
Хынхуар кэди тэ хокан,
Бый йүн йибан.
Заёнди чёчёр чондини
Зэ лан тяншон.
Жынди щин ду чондини,
Тэён сэшон.

Го сандиршон щүә щёли,
Фи җинди тон.
Тянңә гощинди фудини,
Чин хэ бэлон.
Тяншон быйлир щүандини,
Тинҗян чё шын.
Да йүан дунфон лэдини,
Гыншон чунфын.

Миннян чунтян кә лэни,
Зущён җиннян.
Кәсы нянщян бу лэли –
Гуәлиди нян.
Тэён е мә җинҗонни,
Гуйхуар е кэбэни.
Җүнмый чунтян зудёни,
Долэдисы чютян.

Шонян фишон зудёни,

年限不来哩

洒落春天可来哩，
嫩叶儿撒开[1]。
杏花儿开的太好看，
白云一般。
杂样的雀雀儿唱的呢
在蓝天上。
人的心都唱的呢，
太阳睬上。

高山顶上雪消哩，
水尽的淌。
天鹅高兴的凫的呢[2]，
青海摆浪。
天上百灵儿旋的呢，
听见巧声。
打远东方来的呢，
跟上春风。

明年春天可来呢，
就像今年。
可是年限不来哩 –
过哩的年。
太阳也没劲张呢，
桂花儿也开败呢。
俊美春天走掉呢，
到来的是秋天。

少年飞上走掉呢，

Щинни пәфан.
Ляншонди жәжәр дуәхани,
Йүнду йүнбужан.
Туфа быйчын цун гырни,
Могәр туәван.
Люшы кәвэ хуәхали,
Куэ нян жыган.

心呢颇烦。
脸上的褶褶儿多下呢，
熨都熨不展。
头发白成葱根呢，
毛盖儿[3]脱完。
六十开外活下哩，
快撵直赶。

注释：

①撒开：舒展开。
②凫的呢：浮动着。
③毛盖儿：以辫子代指头发。

жыгә сывын вәшон тэ гуйжун. 1950 няншон та ба жыгә сывын ще чулэди. Туйи гә ги вә дэ вәди жюму нянли. ги вә дуанли йии жонжор фәди, ни ба жыгә сывынди йисы бу дун хохор нян. Нянли, вон дони сылён.

这个诗文[1]我上太贵重。1950年上他把这个诗文写出来的。头一个给我带我的舅母念哩。给我端哩一张张儿说的，你把这个诗文的意思不懂好好儿念。念哩，忘到你思量。

注释：

①这个诗文：这首诗文。东干人在数量词的运用上具有以“个”代全的倾向。如“这首诗、这只狗、这条鱼”，都说成“这个诗、这个狗、这个鱼”。

“Быйхə яншон”

Вə Е, Тэе ду фəгуə:
– Лян ки йиён,
Заму зэ жəр лондини,
“Быйхə яншон ”.
Замуди жя зэ дунфонни,
Тянсан быйху.
Нюмо ханжын жўдини,
Жонди жин шу.

Сыхур доли хуэй ло жя,
Дон чин вэсын.
Дажю гощин жейинни,
Лузэ хуэйжун.
Нэхур заму туанйүанни,
Щин ду шон тян.
Хуонхə яншон сан щинни,
Хўтер йибан.

Вə Е, Тэе хан фəгуə:
– Ман ке дифон.
Зусы ложя, тэ гуйжун,
Лян мин йиен.
Шынжын сынзэ нэтарли,
Тади щин лин.
Ба гўрани щяжёнли,
Мəминди гын.

Кəрбэ е зэ нэтарни,

“北河沿上”

我爷，太爷都说过:
– 连客[1]一样，
咱们在这儿浪的呢，
“北河沿上”。
咱们的家在东方呢，
天山背后。
牛毛汉人住的呢，
长的金手。

时候儿到哩回老家，
当亲外甥[2]。
大舅高兴接迎呢，
搂在怀中。
那候儿咱们团圆呢，
心都上天。
黄河沿上散心呢，
蝴蝶儿一般。

我爷，太爷还说过:
– 蛮客地方[3]。
就是老家太贵重，
连命一样。
圣人生在那塔儿哩，
他的心灵[4]。
把古兰下降[5]哩，
穆民的根。

可儿拜[6]也在那塔儿呢，

Щитэ йиён.	戏台一样。
Ба жын та хан ладини,	把人他还拉的呢，
Җё бэ щифон.	叫拜西方。
Сыхур доли хуэйчини,	时候儿到哩回去呢，
Доли ло жя.	到哩老家。
Дон эрзыди жейинни	当儿子的接迎呢
Араб лоба.	阿拉伯老爸。

注释：

①客：客人。

②外甥：东干人认为甘肃、陕西是他们的故乡，汉人是娘舅家的人。

③蛮客地方：异域异族地方，这里指遥远的中亚地区。

④心灵：心思灵敏。

⑤把古兰下降：把古兰经发布，使之流传。

⑥可儿拜：阿拉伯语，沙特阿拉伯麦加禁寺内的一座方形石殿。中国穆斯林也称其为“天房”，是穆斯林朝觐的地方。

## Йи нян сы жи	## 一年四季[1]
Тяншон фиди ян,	天上飞的雁，
Диха лихуа жуан.	地下犁铧转。
Жын ду зэ фуфур,	人都栽树树儿[2]，
Жысы са сыхур?	这是啥时候儿？
Е дуан, тянчи чон,	夜短，天气[3]长，
Жын зэ танни мон.	人在田呢忙。
Гуа, гуэ мэю фур,	瓜、果没有数儿，
Жысы са сыхур?	这是啥时候儿？
Зован лёнсўсў,	早晚凉簌簌，
Фуер хуонлюлю,	树叶儿黄绺绺[4]，
Жын монди мэ кур,	人忙的没空儿，
Жысы са сыхур?	这是啥时候儿？
Диха бый щүэ дуэ,	地下白雪多，
Чүни чин бин дуэ,	渠呢[5]青冰多，
Ваму да хуацыр,	娃们打滑跐儿，
Жысы са сыхур?	这是啥时候儿？

注释：

①一年四季：此处指季节谜语。
②树树儿：树苗。
③天气：白天。
④黄绺绺：发黄了。
⑤渠呢：引水渠里面。

Гуйжун жёйүанму

Чынчин ги ниму дощени,
Дуәще нимуди жыннэли,
Дуәще гихади жышыли.
Ба ниму йүнзун бу вон,
Фанчон на жәщин жищён.

贵重教员[1]们

称情[2]给你们道谢呢，
多谢你们的仁爱哩，
多谢给下的[3]知识哩。
把你们永总不忘，
泛常拿热心记想。

注释：

①教员：男老师。
②称情：衡量人情。
③给下的：传授的。

Линйирди зан

Люшыгə щин нян фигуəли,
Нянпир йишан.
Кəсы тади зун тэ шын,
Канди тэ щян.

Сан ду щёли, шыту сан,
Тэён җошон.
Шытушон хуар ду кэ фанли,
Фəе, модан.

Кəсы да лў хан дындини,
Щинчын тэ җун.
Хан ё вончян шыканни
Ви щин дыйшын.

Дўгуəди да хə бузэшо,
Хан ё фан сан.
Заму ё шонлан тянни,
Линйирди зан.

临尾儿[1]的站

六十个新年飞过哩，
眼皮儿一睒。
可是它的踪太深，
看的太显。

山都笑哩，石头山，
太阳照上。
石头上花儿都开繁哩，
佛爷，牡丹。

可是大路还等的呢，
行程[2]太重。
还要往前试看[3]呢
为新得胜。

渡过的大河不在少，
还要翻山。
咱们要上蓝天呢，
临尾儿的站。

注释：

①临尾儿：“尾儿”，读音“yì er”；“临尾儿”，临近结束，最后。
②行程：行装，行李。
③试看：继续尝试，继续努力。

Вəди нүбан

Вəди нүбан тэ хокан,
Нимусы вəди сандуə хуа.
Зина, Нелля, Фатима –
Вə дан бу куа, сый нын куа?

Нүжын литу чў хохан,
Фəхади хуа гон йибан.
Ганкэ сыли на җын щин
Нимусы җыншыди нү йинщүн.

Җирсы замуди да җечи,
Вə щён ги ниму пан йүнчи.
Ниму җүн-ён хуар йиён,
Тэён җошон хан җё вон.

Фəсы танниди хуар җүн-ён,
Кə мəю лян ниму йиён.
Җё жын канҗян нянжəчи,
Лян да зывон пансуанчи.

我的女伴

我的女伴太好看，
你们是我的三朵花。
扎依娜，涅勒俩，法蒂玛 –
我但不夸，谁能夸？

女人里头出好汉，
说下的话钢一般[①]。
干开事哩拿真心
你们是真实的女英雄。

今儿是咱们的大节气，
我想给你们盼运气。
你们俊-样花儿一样，
太阳照上还叫旺。

说是滩呢的花儿俊-样，
可没有连你们一样。
叫人看见眼热[②]去，
连大指望盘算去。

注释：

①钢一般：像钢铁一样坚硬。比喻说话算数，一诺千金。
②眼热：羡慕。

Жын жүнзы	**真君子**
Гуйжун Бый Щи, Фатима!	贵重贝希，法蒂玛[①]！
Ниму цунмин, лийи да,	你们聪明，礼仪大，
Ви жё хуэйзў жыншыха	为叫回族人识下[②]
Ниму жэ чян, кэлон да.	你们热情，壳郎[③]大。
Нимуди нянсый тэ куанли,	你们的眼色太宽哩，
Фанчон вон йүан канли.	泛常往远看哩。
Вынминди йиче сышон	文明的一切事上
На хо щинчон зуанганли.	拿好心肠钻干哩。
Жир до нимуди да тинни,	今儿到你们的大厅呢，
Фунүму гощин, сан щинли.	妇女们高兴，散心哩。
Ги ниму чынчин до щени,	给你们称情道谢呢，
Жё нимуди фугуй зэ щүни.	叫你们的富贵再续呢。
Ба нимуди гуйжун щён	把你们的贵重像
Вэ щён зандо сывыншон.	我想錾到诗文上。
Ниму жяндан, тэ цунмин,	你们简单，太聪明，
Ви го вынмин зэ цощин.	为高文明再操心。

注释：

①贝希，法蒂玛：均为东干妇女名字。

②识下：识字念书。

③壳郎：胸膛，这里指宽阔的胸怀。

Хицур гӯнён

Хицур гӯнён шу тэ чё,
Найи хонни ду дый чё.
Шу кэ трактор ба ди фан,
Җуонжя дини хи-мин җуан.

Вулохади быйшо тэ җычян,
Сатон нолигә шон чян ван.
Ло-шо хәшон щемый җуан,
Җысы гӯнёнди чё шудуан.

Җуче хун чи җё жын кан,
Тади щёнпяр шон хун бан.
Та ги чиннян җё хо ён,
Щёнҗуонни та е ю минвон.

Чин ни шыкан, чё гӯнён,
На йи хонни ду зуанган.
Вә чин зымый бә салан,
Тәпин сышон е зуанган.

Җүнмый зымый, бә шыщян,
Лян хицур гӯнён зан йибан.
Гункӯ фишон куэ чӯ мин,
Щинщю бешон ни ю мин.

Быйшо чынли ю лянмян,
Сунзэ гунчон бян сатон.

黑粗儿姑娘

黑粗儿姑娘手太巧，
哪一行呢都得窍[①]。
手开特拉可多勒[②]把地翻，
庄稼地呢黑-明转。

务落下的白苕太值钱，
沙糖熬哩个上千万。
老-少喝上血脉转，
这是姑娘的巧手段。

搊起红旗叫人看，
她的相片儿上红板[③]。
她给青年教好样，
乡庄呢她也有名望。

请你试看，巧姑娘，
哪一行呢都钻干。
我请姊妹叵撒懒，
太平事上也钻干。

俊美姊妹，叵识闲[④]，
连黑粗儿姑娘站一班[⑤]。
工苦费上快出名，
星宿[⑥]别上你有名。

白苕成哩[⑦]有脸面，
送在工厂变沙糖。

Ло-шо хэшон щемый вон,
Жысы гўнёнди чё шудуан.

老-少喝上血脉旺，
这是姑娘的巧手段。

Хицур гўнён, вончян зан,
Вынминди сышон е шончян.
Вынминсы хуэйзўди щин,
Мэю вынмин, мэю гын.

黑粗儿姑娘，往前站，
文明的事上也上前。
文明是回族的心，
没有文明，没有根。

注释：

①得窍：找到（解决问题的）窍门和方法。
②特拉可多勒：俄语，拖拉机。
③红板：此处指光荣榜。
④叵识闲：不要闲着，不要蹉跎岁月。
⑤一班：一致，一起。
⑥星宿：奖章。
⑦成哩：丰收了。

Гунщи Йинпан
(Йинпан щён 100 нян)

Гунщи, Йинпан, бин ту, го сан.
Вә ди туни ги Ни, вәди Йинпан.
Вәди суйфу бу чин, есы бый нян.
Суанчи дә ни йитун, вәди Йинпан.

Җинтян ги ни гуә бый нян.
Жын ду щихуан, хуар йибан.
Ба ни җищённи чян-ван нян,
вә чин ни, ба вә бә вон.

Бый нян туни-щёхуәр нянчин.
Дўли да хә, фангуәли го сан,
Хў пынли, нежон маняр йибан.
Шонян вон гуәли, са ду мә җян.

Туфын-тусы тади димян гуйжун,
Хырхыз, хазах ба ни җейин.
Хо щинчон жын цоли щин,
Чечў тамуди бонцу чынли жын.

恭喜营盘
（营盘乡一百年）

恭喜，营盘，并头，高山。
我低头呢给你，我的营盘。
我的岁数不轻，也是百年。
算起带你一同[1]，我的营盘。

今天给你过百年。
人都喜欢，花儿一般。
把你记想呢千-万年，
我请你，把我叵忘。

百年头呢-小伙儿年轻。
渡哩大河，翻过哩高山，
胡碰哩[2]，孽障麻眼儿[3]一般。
少年枉过哩，啥都没见。

头逢-头事他的地面贵重，
吉尔吉斯，哈萨克把你接迎。
好心肠人操哩心，
趄住[4]他们的帮助成哩人[5]。

注释：

①一同：同岁。
②胡碰哩：无目的地闯荡。
③麻眼儿：眼睛失明，瞎子。
④趄住：凭借。
⑤成哩人：成为有用的人。

Нисы мин дади	你是命大[1]的
Ниди суйфу кə тянли,	你的岁数可添哩，
Годи бə пəфан.	高低[2]叵颇烦。
Туфа дансы йин фи фали,	头发但是银水刷哩，
Җочў җинзы кан.	照住镜子看。
Җё ниди щин фанчон нянчин,	叫你的心泛常年轻，
Хуар кэ фан,	花儿开繁，
Жын ло еба, щин бə ло,	人老也罢[3]，心叵老，
Ниди хо щинчон.	你的好心肠。
Җё йүнчи, хуанлуə суй ни,	叫运气，欢乐随你，
Җё ни гощин.	叫你高兴。
Ниди җүн муёршонди щёляр	你的俊模样儿上的笑脸儿
Фанчон җё зэ.	泛常叫在。
Мə вон хуə зэ шышон –	没枉活在世上 –
Ни ю минвон.	你有名望。
Нисы мама, нэнэ, тэтэ,	你是妈妈，奶奶，太太，
Шышон ни гуйжун.	世上你贵重。
Ви эрнү, сунзы дэ чунчунзы	为儿女，孙子带重重子[4]
Чин ни дуə хуə.	请你多活。
Ниди суннан-дизы ба ни бу вон,	你的孙男-嫡子把你不忘，
Фанчон җищён.	泛常记想。
Хо мин шышон люхали,	好名世上留下哩，
Нисы мин дади.	你是命大的。

注释：

①命大：有福气。

②高低：无论怎样。

③也罢：表假设，即便……也……

④重重子：重孙。

Фрунзе

Фрунзе-вэди жинчын.
Хун хуар кэзэ лю фулин,
Тэён ба жингуон сали,
Хан жё та жүн.

Фрунзе - вэ щинэди чын,
Ниди минзысы йинщүн.
Жочў та зухади лў
Йиче жын ду вончян щин.

Фрунзе - салуэ да чын.
Москвади чин дищүн.
Чиннянди жин шу, йин гэбый
Хан дабанди жё ни жүн.

伏龙芝

伏龙芝-我的京城。
红花儿开在绿树林，
太阳把金光洒哩，
还叫它俊。

伏龙芝-我喜爱的城，
你的名字是英雄①。
照住它走下的路
一切人都往前行。

伏龙芝-洒落②的城。
莫斯科的亲弟兄。
青年的金手，银胳臂
还打扮的叫你俊。

注释：

①英雄：以英雄伏龙芝来命名城市，即现在的吉尔吉斯斯坦首都比什凯克。
②洒落：宽阔、美丽。

Чиннян

Хоханзы чиннян щян бынсы?
Чин ни натар ду зуанган.
Дан ю бынсы, шон лан тян,
Хэчин йибан йүн литу зуан.

Җуонжяхонни ни фищин,
Җижүн чиннян ю щинҗин.
Шу до натар са ду чын,
Щёнжуонни голу ду щючын.

Мыйзы дади шон чян ван,
Чиннян хан бу йитуэр зан.
Кэди фижи шон лан тян,
Чуан быйдасар ба бин кан.

Быйлир йибан щитэшон чон
Гуйжун җёйүан е доншон.
Чиннянди щин зун бу дин
Хан щён гансы, дый чынгун.

Хуэ зўбали хуэй сан щин
Да хуайүанни таму җуан.
Чиннян хан би хуар җүн-ён,
Пёлён гўнён вили вон.

青年

好汉子青年显本事？
请你哪塔儿都钻干。
但有本事，上蓝天，
海禽①一般云里头钻。

庄稼行呢你费心，
急俊青年有心劲。
手到哪塔儿啥都成，
乡庄呢高楼都修成。

麦子打的上千万，
青年还不一坨儿②站。
开的飞机上蓝天，
穿白大衫儿把病看。

百灵儿一般戏台上唱
贵重教员也当上。
青年的心总不定
还想干事，得成功。

活做罢哩③会散心
大花园呢他们转。
青年还比花儿俊-样，
漂亮姑娘为哩王。

注释：

①海禽：海面上飞的小鸟。
②一坨儿：一处儿，原地。
③活做罢哩：干完活之后。

Нүжынди вичү
(жәщё сывын)

Фәсы ён эрзы лю гынни,
Ёнхади нүр ю тын щинни.
Ба суннан-дизы жуадани,
Нэхур ло жын щехуанни.

Нёнлозыди щин зэ эрнүшон,
Эрнүди щин зэ шытушон.
Хуэйзўди кулюр фәди жын,
Жыще хуади гын тэ шын.

Шышонди билүн е тэ дуә,
Вуйи эрнү е хуэй фә.
Мама тэ лан, бу зўхуә,
Го сунзы, жуа гуә бусы хуә.

Туфа быйчын цунгырли,
Ляншонди жәжәр мә фурли.
Щинниди вичү чынбухали,
Нежонди жисы щехуанни.

Фәсы нёнлозы мә жянди,
Чүн, фу дусы йиёнди.
Эрнү ду ё щёчунни,
Ба нёнлозы донжын, тэнэни.

女人的委屈
（惹笑诗文）

说是养儿子留根呢，
养下的女儿有疼心[①]呢。
把孙男-嫡子抓大呢，
那候儿老人歇缓呢。

娘老子的心在儿女上，
儿女的心在石头上。
回族的口溜儿说的真，
这些话的根太深。

世上的比论[②]也太多，
无义儿女也会说。
妈妈太懒，不做活，
告孙子，抓锅[③]不是活。

头发白成葱根儿哩，
脸上的褶褶儿没数儿哩。
心呢的委屈盛[④]不下哩，
孽障的儿时歇缓呢。

说是娘老子没奸的，
穷，富都是一样的。
儿女都要孝顺呢，
把娘老子当人，抬爱[⑤]呢。

注释：

①疼心：爱心，孝顺之心。
②比论：比喻，类比。
③告孙子，抓锅：领孙子，做饭。
④盛：容纳。
⑤抬爱：热爱，尊重。

Фон-ёнжын	**放-羊人**
Дун-щя, хи-мин,	冬-夏[①]，黑-明[②]，
Гыншон ёнчүн.	跟上羊群。
Зущён фучин,	就像父亲，
Люшын цощин.	留神操心。
Фанчон фищин,	泛常费心，
Зущён мучин.	就像母亲。
Мəхи, мəмин.	没黑，没明。
Бу ли ёнчүн.	不离羊群。
Щинщю бешон,	星宿别上，
Ги ни зунҗин.	给你尊敬。
Нисы йинщүн,	你是英雄，
Вəмуди шоншы.	我们的伤时。
Ги ни панвон	给你盼望
Ёнди фаҗон.	羊的发展。
Җё ни гощин,	叫你高兴，
Фанчон дыйшын.	泛常得胜。

注释：

①冬-夏：以冬天和夏天指代季节变化，天气冷暖。

②黑-明：一昼夜，这里指代白天黑夜。

Щифур

媳妇儿

Щифур нежон кўдини.
Ту диха зысы зўдини.
Бу ган фә, мә чүаншы,
Фанчон щинни жандини.

媳妇儿孽障哭的呢。
头低下只是做的呢。
不敢说，没权势[①]，
泛常心呢颤的呢。

Жыбудо ги сый фәчини,
Гунгун гыншон пәе жуан.
Нүщү хуэйлэ бу гуанщян,
Дагўр же мади та тэ лан.

知不道[②]给谁说去呢，
公公跟上婆也[③]转。
女婿[④]回来不管闲[⑤]，
大姑儿姐骂的她太懒。

Пәпә ма: “Жыгә фи тэ гунли,
Ни щён ба вә тонсыни!”
Ба хў тиче дачили,
Суннүр зандо донжунли.

婆婆骂：“这个水太滚哩，
你想把我烫死呢！”
把壶提起打去哩，
孙女儿站到当中哩。

Ба хў жешон жинчили,
Нежон щифур гыншонли.
Гўнён ба хў гигили,
Щёшон ба нэнэ цаншонли.

把壶接上进去哩，
孽障媳妇儿跟上哩。
姑娘把壶给给[⑥]哩，
笑上把奶奶搀上哩。

Жуәзы фондо дон конли,
Лёнкур зуәха чы фанли.
Лопәр кә щён зо цуәни,
Нянжин фанди матуәли:

桌子放到当炕哩，
两口儿坐下吃饭哩。
老婆儿[⑦]可想找错呢，
眼睛翻的骂脱哩：

– Зуәргәди фан тэ ханли,
Жинтянди фан мә янли.
Жысы ни чихади са ца?

– 昨儿个[⑧]的饭太咸哩，
今天的饭没盐哩。
这是你沏下的啥茶？

Гуй ба ви ду задёли!	鬼把味都咂[9]掉哩!

Цунмин суннүр жешонли,	聪明孙女儿接上哩,
Надо хуэфонни хуандёли.	拿到伙房呢换掉哩。
Додо данлинди ваннили,	倒到单另的碗呢哩,
Щёшон ги нэнэ налэли.	笑上给奶奶拿来哩。

Лопэр жешон минли йику,	老婆儿接上泐[10]哩一口,
Шыщёди ба суннүр куали:	失笑[11]的把孙女夸哩:
– Жы цэ бусы цама,	– 这才不是茶吗,
Видо дусы данлинди.	味道都是单另的。

Пэпэ фанчон мадини,	婆婆泛常骂的呢,
Виса щифур до жяни,	为啥媳妇儿当家呢,
Тамуди гуонйин чедёли	他们的光阴切掉哩
Эрзы зынди чян шоли.	儿子挣的钱少哩。

Эрзы юли вэ щинли,	儿子有哩外心哩,
Ба чян йиче бяншонли.	把钱一切缠[12]上哩。
Йижү хо хуа бу фэли,	一句好话不说哩,
Жяни йүэщин бу занли.	家里越性[13]不站哩。

Нүщү хуэли лёнщинли,	女婿坏哩良心哩,
Ба щифур жянбудыйли.	把媳妇儿见不得哩。
Щифур дансы щүэфэли,	媳妇儿但是学说哩,
Нүщү донвор жонтуэли:	女婿当窝儿[14]嚷脱哩[15]:

– Шубучўли, ни куэ чи,	– 受不住哩,你快去,
Зэ ниди гэгэжя жўчи.	在你的哥哥家住去。
Жыгэ жяни бу ё ни,	这个家呢不要你,

Зэ жытар нисы дуэйүди.

Нежон щифур зусы кў,
Гэгэжя та е занбучў.
Сосо ба та бу донжын,
Та зэ мэю беди жын.

Гўнёнди щин тэ ванли,
Ги жюму жэли хуэли.
Ба са дансы зўбудуйли,
Зыжи жинган ланшонни.

– Жюму, жюму, ни фонщин,
Вэ дэ нисы йигэ жын.
Вэ есы нүжын чў мынни,
Ба ниди жяннан жыдони.

Та ба нэнэ е кын чүан,
Жё ба щифур дон жынни.
На та зўли билүнли,
"Ни кан, анэ, вэсы сый?

Вэ е до пожынжяни,
Жынжя ба вэ жэгэни,
Йитян до хи вэ кўни,
Ниди щинни за шуни?"

Ба суннүрди гундо тинли,
Лопэрди щин е ванхали.
Ба щифур шын бу мали,
Щиндини ги суннүр до щели.

在这塔儿[16]你是多余的。

孽障媳妇儿就是哭，
哥哥家她也站[17]不住。
嫂嫂把她不当人，
她再没有别的人。

姑娘的心太软哩，
给舅母折哩活哩。
把啥但是做不对哩，
自己紧赶揽上[18]呢。

– 舅母，舅母，你放心，
我带[19]你是一个人。
我也是女人出门呢，
把你的艰难知道呢。

她把奶奶也肯劝，
叫把媳妇儿当人呢。
拿她做哩比论哩，
“你看，阿奶，我是谁？

我也到旁人家呢，
人家把我折割[20]呢，
一天到黑我哭呢，
你的心呢咋受呢？”

把孙女儿的公道听哩，
老婆儿的心也软下哩。
把媳妇儿甚不骂哩，
心底呢给孙女儿道谢哩。

注释：

①权势：平等的权利。

②知不道：不知道。

③婆也：老婆，妻子。

④女婿：丈夫。

⑤不管闲：不管事。

⑥给给：前一个“给”表示动作的发出，后一个“给”表示动作的结果，“给给”即给（对方）了。

⑦老婆儿：上文提到的“婆也”、“婆婆”。

⑧昨儿个：昨天。

⑨咂：吮吸。

⑩涮：少喝了一点。

⑪失笑：可笑，笑。

⑫缠：据为己有。

⑬越性：越来越。

⑭当窝儿：当时，立刻。

⑮嚷脱哩：开始争吵了。

⑯这塔儿：这里。

⑰站：停留。

⑱紧赶揽上：赶紧承担上。

⑲带：和，连接词。

⑳折割：折磨。

Са сыхур

Җын йи нян е бу дуэ,
Хуэдо йидарни шы эргэ йүэ.
Са сыхур хо, на йи йүэ
Гуйҗун пын-юму, чин ни фэ.

Йинянсы шыэргэ йүэ,
Җынйүэ җысы ту йигэ йүэ.
Җы йи йүэни кын луэ щүэ,
Да хуацырди вава дуэ.

Дансы нэгэ җынйүэсы
Хо сыхур, щүэ е дуэ,
Бу җыдоди йүэ е шо,
Дыйдо хан ю нагэ йүэ.

Эрйүэ есы дунтян йүэ,
Щүэ е щяни, йү е дуэ.
Щүэ щёдини до чунтян,
Ба тади хо фэбуван.

Санйүэни фынту го,
Тэён ба ди сэди хо.
Щүэ е датур щётуэли,
Хэни, җённи фи дуэли.

Сыйүэ есы салуэ йүэ,
Танни хуар е кэди дуэ.
Зу җыгэсы чинщю йүэ,

啥时候儿

整一年也不多，
合到一搭儿[①]呢十二个月。
啥时候儿好，哪一月
贵重朋友们，请你说。

一年是十二个月，
正月这是头一个月。
这一月呢肯落雪[②]，
打滑跐儿[③]的娃娃多。

但是那个正月是
好时候儿，雪也多，
不知道的月也少，
得到[④]还有哪个月。

二月也是冬天月，
雪也下呢，雨也多。
雪消的呢到春天，
把它的好说不完。

三月呢风头高[⑤]，
太阳把地晒的好。
雪也打头儿消脱哩[⑥]，
河呢，江呢水多哩。

四月也是洒落[⑦]月，
滩呢花儿也开的多。
就这个是清秀月，

Тади йисы фәчи дуә.	它的意思说去多。
Вуйүә жысы жүнмый йүә,	五月这是俊美月，
Тэпин, йүнчи дуәди йүә.	太平，运气多的月。
Зэ кэфанди да хуайүан,	在开繁的大花园，
Чин ни лонлэ, хуар е дуә.	请你浪[8]来，花儿也多。
Люйүә щятян фонли жя,	六月夏天放哩假，
Йиче ваму ду зэ жя,	一切娃们都在家，
Ги дажынму ду бонмон,	给大人们都帮忙，
Ду нэ зўхуә, танни лон.	都爱做活，滩呢浪。
Чийүәни лёншы хуон,	七月呢粮食黄，
Мыйзы, дозы жин цонфон.	麦子，稻子进仓房。
Жуонжяхан йиче мон,	庄稼汉一切忙，
Ю щян бынсы, ба чүр чон.	又显本事，把曲儿唱。
Байүәсы готян чынлиди йүә	八月是高甜成哩[9]的月
Есы хо сыхур, фужү йүә.	也是好时候儿，富足月。
Мый йигә йүанни	每一个院呢
Хынзы, гуәзы дуә.	杏子，果子[10]多。
Жюйүәнн ваму йиче	九月呢娃们一切
Шонщүәни, нянфуни.	上学呢，念书呢。
Таму щеди, щүәни.	他们写的，学呢。
Жы йийүәсы жышы йүә.	这一月是知识月。
Шыйүәни фуер хуон,	十月呢树叶儿黄，
Луәдо диха е бу щён.	落到地下也不响。
Ба замуди да димян	把咱们的大地面

Та дабанчын хуайүан.	它打扮成花园。
Шыйийүә жечи дуә,	十一月节气多，
Суй-да ду ба жечи гуә.	碎-大都把节气过。
Суансы нэгә шыйийүәсы	算是那个十一月是
Хо сыхур, гощин йүә.	好时候儿，高兴月。
Лайүәсы линйирди йүә.	腊月是临尾儿的月。
Жын ду монди ба нян гуә.	人都忙的把年过。
Ги щин нян шәлүни,	给新年设虑[11]呢，
Ги йиче жын гунщини.	给一切人恭喜呢。

注释：

①一搭儿：一起。
②肯落雪：经常下雪。
③打滑跐儿：溜冰，滑冰。
④得到：不知道。
⑤风头高：风大。
⑥消脱哩：（雪）开始消了。
⑦洒落：景色秀丽。
⑧浪：游玩，旅游。
⑨成哩：成熟了。
⑩果子：苹果。
⑪设虑：准备，考虑，打算。

Кугəр дэ кулюр

Жю чун-ён дын 13
13 бу щя лян дун ган.

Бу па мə чян сы
Дан па мə хонсы.

Эрйүəни тэён чў дунсан
Ёнвапəни бый щүə бу ган зан.

Фəсы шышон мə нансы
Дан па йүн щин жын.

Ю чян нянди мин
Мə чян нянди жын.

Мусы зэ жын, чынсы зэ жў.

Жын щин мə дир, шə тын щён,
Тан щи бу зў щи тэён.

Гуан щю ямын, бин щю лў.
Хўжя щюди лён до йүан.

Бужыдо чин нён йүянди жын, мə минзў.
Зущён мəю эрнүди жын, мə гын-яр,
Мəю худэди жын, тэ пəфан,
Мəю йүянди жын, тэ дижян.

口歌儿[1]带口溜儿[2]

九重-阳[3]等十三
十三不下连冬干[4]。

不怕没钱使
耽怕没行市[5]。

二月呢太阳出东山
阳洼坡呢白雪不敢站[6]。

说是世上没难事
耽怕用心人。

有钱念的命
没钱念的人。

谋事在人，成事在主。

人心没底儿，蛇吞象，
贪心不足吸太阳。

官修衙门[7]，兵修路。
户家[8]修的两道院。

不知道亲娘语言的人，没民族。
就像没有儿女的人，没根-芽儿，
没有后代的人，太颇烦，
没有语言的人，太低贱。

Жын хуэдо шышон гуйчини
Ги зыжиди минжын ган сыни.
Гуонйин её гуони, нян е ё куанни.
Ги зыжиди эрнү ё лю минни.

人活到世上贵气[9]呢
给自己的民人干事呢。
光阴[10]也要过呢，眼也要宽呢。
给自己的儿女要留名呢。

Нынйүан са ду щён зў
Надо шуни банпин цў.

宁愿啥都想做
拿到手呢半瓶醋[11]。

Ложын туэ дун, йи хун йи дун
Чё жын фэхуа, кэсы йи щя.

老人过冬，一哄一冬
巧人说话，可是一夏。

Шын фан щин жон, йүэ жэ, йүэ щё
Жэгуэ сан бян, би щи хан щён.

剩饭姓张，越热，越香
热过三遍，比席[12]还香。

注释：

①口歌儿：谚语。
②口溜儿：顺口溜。
③九重-阳：重阳节，农历九月初九，二九相重，称为“重九”，又称晒秋节、“踏秋”，汉族传统节日。
④连冬干：一冬天不下雪。
⑤行市：“行”读音“háng”，“行市”即生意行情。
⑥不敢站：雪被太阳照上很快就消了。
⑦衙门：官员办公的机构。
⑧户家：农民，庄户人。
⑨贵气：有尊严。
⑩光阴：以时光岁月指代生活。
⑪半瓶醋：借指没有本事、没有能耐的人。
⑫席：宴席。

后　记

我对中亚回族——东干族的语言、文学和文化的关注，开始于6年前。2010年9月10日教师节，我看望恩师林涛先生，在先生书房的案头上看到东干文献，便请教相关问题。先生从书柜里拿出一摞东干文学作品和他本人近几年来关于东干学的研究成果相赠，并鼓励我从事这方面的研究。回家后认真拜读了这些著作，深深地为140年前东干人离乡去国、悲越天山、扎根中亚的壮举所感动，同时也认识到林涛教授从事东干学研究的价值和意义。

东干人是清朝末年迁徙到中亚的华人后裔，这些流落到中亚的陕甘宁地区的回族，一百多年来一直被当地的俄罗斯族、哈萨克族、吉尔吉斯族和乌兹别克等民族称为东干族。他们是海外最大的回民社群，目前大约有十二三万人。作为中国近代史上反清斗争失败后的最大一批移民群落和悲惨逃亡者——他们于1877年隆冬季节，面对前有雪山阻挡、后有清军穷追不舍的险境，冒着九死一生翻越天山天险，来到天山北麓的吉尔吉斯斯坦草原安营扎寨。

和所有华侨一样，东干人在域外能够生存下来并取得成功的最重要原因是他们保留了中华民族吃苦耐劳、诚实守信、勤俭朴素、忠孝仁义等美好品德。如果对他们的历史作进一步了解，就不难发现，他们的信仰正好对保留母语和中华传统文化起到了积极作用。为了继承源远流长的中华文化，他们创造了世界上独一无二的语言文字——用中国西北方言读音，用斯拉夫字母拼写的——东干文，同时，为了生存的需要，他们也成为海外最大的会讲俄语的华人群体。

东干人对于中华文明的热爱和传承及其顽强的生存智慧令我肃然起敬，也成为我翻译东干文学的动因。

2015年初，我参加了林涛教授在北方民族大学举办的“东干语言文学研习班”系列讲座。学会东干文之后，我便开始尝试翻译。我先后翻译了东干学校教科书（《识字课》）、东干著名小说家Э.阿布都的五部中短篇小说《三娃儿连莎燕》《英雄的遗念》《后悔》《坐尻墩》《相片儿原回来哩》以及其他东干作家的作品共约十万字的内容，然后正式翻译阿依莎·曼苏洛娃的诗集《喜爱祖国》。

《喜爱祖国》包括137首诗，由“喜爱祖国”、“颇烦记想”、“三个穆罕默德”、“情记的”、“娃娃时候儿”、“太阳出山”和“杂样的文章”等七部分内容组成。诗集不仅以叙事和抒情的笔触勾勒出中亚楚河平原壮丽优美的山川风物、东干人的光阴过活及其质朴、勤劳、聪明的形象，抒发了无比热爱祖国的赤子之心，而且给我们展示了中亚回族语言真实的全貌，为研究“东干语”提供了珍贵可靠的语言材料。

《喜爱祖国》的翻译，遵循翻译学中的“直译”原则。所谓直译，就是在意义范畴内完全忠实于原文的翻译，原文中有的内容不能删减，原文中没有的也不能增加。简言之就是作者再创作的“自由”被“剥夺了”。这样的“直译”从语言学角度来说是转写，即通过语音形式的对照转换来实现翻译任务。在谈到东干文的转写功能时，林涛教授曾说:“东干文——汉文的双文对照转写，有着非常重要的学术价值和文献价值。它能够让我们窥见130多年前我国西北回民汉语方言的面貌，可以为非东干族学者提供真实可靠的东干语材料，可以让我们比较考查东干语在多民族语言影响下所发生的一系列变化。东干文转写对我国近代汉语研究、西北方言历时的和比较的研究、海外汉语方言研究、汉语发展史研究以及语言接触理论的研究等诸多语言学研究领域都具有十分重大的意义。今后，随着时间的推移，东干语一旦消亡，东干文转写的学术成果将会成为历史语言学中的珍贵文献。”因此，“我们对东干语言文字的科学研究只能在这种严谨的双语转写的资料上展开”(挪威著名汉学家何莫邪语)。正是基于这样的考虑，《喜爱祖国》的翻译运用了“直译”或“转写”法。

转写采用东干文和汉文对照的形式编排，页面的左边为东干文原文，右边为汉文译文，左右两边的诗句与音节一一对应，每首诗的后面是注释，这样便于读者理解和研究者查对参证。转写使用的汉字是我国西北方言常用字和近代汉语词语。东干文是拼音文字，没有声调，同音字数量多，遣词造句遵循的取舍原则是兼顾前后文和上下文语境，考虑东干人的文化特点、生活习俗、宗教信仰、思维方式等要素，努力做到字词稳妥，力求反映东干语原貌。转写中如遇到俄语、阿拉伯语、波斯语、吉尔吉斯语等外来语借词，则采用查阅外文工具书、借助网络资源和请教专家的途径予以解决。

诗集翻译、转写完成后，我于2016年元月赴吉尔吉斯斯坦，对家住比什凯克的诗人曼苏洛娃做了专程拜访，共同商议将诗集在国内出版，并征得诗人的同意将诗集中的第99首用吉尔吉斯语写的《黑眼睛》一诗删去，其余136首诗完全按照诗集的排列顺序翻译转写完成。

在这本诗集即将出版的时候，我要衷心地感谢林涛教授，没有他的指导和帮助，这本书就不会是现在的样子。感谢吉尔吉斯斯坦科学院东干研究中心主任M.X.伊玛佐夫教授、И.十四儿研究员、Ф.哈娃扎研究员、冬拉儿研究员、拉黑玛女士和哈萨克斯坦留学生王海同学所提供的帮助。感谢薛正昌先生、方建春先生、安正发先生和王兴文先生对我这些年来撰写的东干学方面的论文的编辑刊发。感谢为本书文字录入的李培红女士。感谢我妻子对我工作无怨的支持。感谢世界图书出版公司魏志华编辑为本书出版给予的大力支持及所做的一切具体工作。

本诗集从开始转写翻译到出版虽然经过多方探讨，但由于受到跨境条件的制约和本人水平所限，讹误和疏漏在所难免，敬请同人和读者批评指正。

惠继东

2016年6月6日